光文社文庫

文庫オリジナル／傑作時代小説

那須与一の馬

奇剣三社流　望月竜之進

風野真知雄

光　文　社

本作は書下ろしを含め、
光文社文庫オリジナル作品です。

目次

奇剣三社流　望月竜之進

那須与一の馬

第一話　両国橋の狐

一

　その侍は目を見開き、感激しきったような顔で橋の真ん中まで来ると、

「ほう。これはまた、大層《たいそう》なものをつくったのう」

　大きな声で言って、伸びをした。

　できたばかりの両国橋《りょうごくばし》である。木の香もぷんぷんと漂ってくる。橋の上で新品の湯船に入ったような気分まで味わえる。

　武蔵《むさし》と下総《しもうさ》の二つの国にまたがる長さ九十四間《けん》（約一七〇メートル）もの大橋である。千住大橋《せんじゅおおはし》も、その長さで北国からの旅人の度肝を抜くが、あちらは六十六間（約一二〇メートル）。いまとなっては大人と子どもくらいにちがう。

「しかも、なんだ、この高さは」

侍は欄干《らんかん》から川面をのぞきこんで言った。

澄んだ流れがはるか下に見えた。

水面から高い。

真下を見下ろすと、頭がふらふらする。

おまけに、いくらしっかり組んでいるとはいえ木の建造物だから、人が大勢渡ればゆらゆら揺れる。

これが怖くて、娘っ子たちなどはきゃあきゃあ言って騒いでいる。

だが、本当に怖いならわざわざ立ち止まったりはしない。面白がっているのだ。

立つ位置が高ければ、当然、視界だって広がる。筑波山《つくばさん》から富士山《ふじさん》、千代田《ちよだ》のお城から大川《おおかわ》の河口までぐるりと見渡せる。気持ちのよさといったらない。

江戸っ子たちが大勢出ている。

川向こうに用事がある人たちだけではない。新名所となっているのだ。そういう連中はなかなか渡り切らない。弁当を広げて、橋番に怒られている者もいた。

渡るのはただではない。二文《もん》取られる。用事があって渡る連中も、すたすた渡ってしまうのは勿体《もったい》ない。

もっとも、渡し舟だって同じ銭を取られるのだから、損をしている気にはならない。

侍は物見遊山《ものみゆさん》ではない。ちゃんと、本所《ほんじょ》に用事があるが、この景色に思わず立ち止まってしまった。

「まったく江戸は変わるのが早い」

と、つぶやいた。

明暦《めいれき》の大火のあとは江戸を出たり入ったりしている。だが、ここらはあまり来ていなかった。いまや焼け跡などはほとんど見られない。

侍は総髪《そうはつ》である。いかにも浪人者といった風体《ふうてい》だが、しかし、あるじや禄を失った男の焦りや苛立《いらだ》ちのようなものはまったく感じられない。

悠然としている。飄々《ひょうひょう》といった感じも漂う。

もう中年が近づきつつある年頃にも見えるが、そんなに暢気《のんき》で大丈夫なのだろうか。

侍がのんびり、海のほうに広がる景色を眺めていると、

「狐《きつね》が出るんだってな」

近くにいた男がそう言った。

町人ふうのふたり連れで、もうひとりが答えた。

「刀を奪うってんだろ」

「そうさ。強いらしいぜ」

「弁慶《べんけい》みてえじゃねえか」

「狐の面をかぶった弁慶か。面白《おもしれ》えや」

そんなことを言いながら反対側へ渡っていく。

――江戸の新名所にもおかしなものは出るらしいな。

侍はまだまだ爽快な気持ちを持続させながら、本所のほうへと向かった。

「望月竜之進《もちづきりゅうのしん》と申します。大友《おおとも》どのに」

出てきた若い武士に取り次ぎを頼むと、侍は玄関口から中をうかがうようにした。

気おくれするくらい立派な道場である。大きな一枚板の衝立《ついたて》が前をふさいでいる。その上には、やはり大きな扁額《へんがく》が掲げられ、「剣禅一致」とある。

とてもそんな境地には達していない。剣の道も、この人生も、わからないことばかりである。

道場はすぐにわかった。

両国橋を渡って右手に曲がると、新しく掘割ができていて、やたらと荷船が往復している。竪川《たてかわ》というのだそうだ。

河岸《かし》になっていて、その河岸沿いにしばらく来たら、掛け声や木刀を打ち合う音、板を踏む音などが混じり合って聞こえてきた。

門のわきには、

「東軍《とうぐん》流　大友巌左衛門道場」

と、大きな看板も出ていた。

床を踏む音がして、六十ほどの白髪交じりの武士があらわれた。

「おう、望月竜之進。よく来てくれたな」

満面の笑みを浮かべてくれる。

大友巌左衛門《げんざえもん》は、道場で父の後輩だった人である。

家にも何度か遊びに来たことがあったはずで、竜之進も大友の若い頃を、うっすらだが覚えている。無愛想な父とちがって、若いときもこのような笑顔を見せていた。
五、六年前に再会して以来、居どころを報せるようにしてきた。このたびは、三月《みつき》ほど常州《じょうしゅう》の神社に籠《こ》もりつつ、氏子《うじこ》たちに剣を教えていたところを、ぜひにと呼び出されたのである。

「ご無沙汰をいたしました」

「挨拶はいいから、さあ、上がれ、上がれ。腹も減っただろう」

すぐに奥へと招じ入れられた。

道場のわきの廊下を抜けていく。呆《あき》れるほど広く、しかも弟子が溢《あふ》れている。

たとえではなく実際に溢れていて、左手の庭でも大勢が稽古をしているのだ。

「凄い繁盛ぶりですね」

竜之進は唖然《あぜん》として言った。

「うむ。まあ、繁盛したらしたで、悩みはあるのさ。世の中、ちょうどというところにはなかなかなれぬな」

そういうものかもしれない。

明暦の大火で道場も焼けたが、そのときはすでに門弟の数も多く、手狭になっていた。資金もあったので、焼けた周辺の土地も手当し、このように大きな道場にした。敷地は二千坪あるという。下手な旗本《はたもと》屋敷より広い。

しかも、両国橋ができ、本所では武士の家がどんどん増えている。門弟も増える一方だという。

「三百五十人ほどになった」

「三百五十……」

信じがたい数である。

「いま、師範格は十人ほどいるが、中心になってくれる者がおらぬ。おぬしがやってくれたら、どれほどしっかりするか」

「大友さま。それは買いかぶり過ぎというものです」

謙遜《けんそん》ではなくそう言った。

わざわざ書状をくれて呼び寄せたのは、この相談のためだったらしい。

こんなことではないかという予感もあったが、まさかこれほど大きな道場になっているとは思わなかった。

門弟らしき若者が、言われて茶と菓子を持ってきた。遠慮なく頬張る。田舎にいると江戸で食えるような菓子はまず味わえない。

そういえば、この前会ったときは、身の回りの世話をする女人がいたが、いまはいないらしい。

「女運が悪くてな……」

とは以前、聞いた台詞《せりふ》だが、その女人もなにかあったのかもしれない。

「いやあ、わしも老いた」

と、大友はため息をつくように言った。

「お元気そうですが」

「それがそうでもない。ここまでにした道場だが、跡を継がせる倅《せがれ》もいない。せめて娘でもいいから子を持っていたら……」

ずいぶん愚痴っぽくなっているような気がする。

「まあ、そなたとしては流派がちがうと言いたいのかもしれぬが、もとは東軍流だから、基本はそう変わるまい」

「なあに、流派なんぞはどうだっていいのですよ」

三社流《さんじゃ》を名乗ってはいるけれど、これを広めて開祖として名を上げたいなどという気持ちはない。

若いときには多少そうした気持ちもあったが、いまやそんなことはどうでもよくなった。どうせ、くだらぬ名声なぞ、あの世に持っていけるものではない。

流派にしたって、どんどん手が加えられ、新しい技が磨かれ、分派ができ、やがてそちらが主流になったりする。元祖だなどとふんぞり返っても、何代かあとには腐ったミイラのようになっている。

むしろ、変に崇《あが》められたりするほうが鬱陶《うっとう》しいくらいである。

「ならば、ぜひ頼む」

「だが、わたしが教えると、逃げ出すやつが多いですぞ。いつもそれで道場は成り立たなくなるくらいです」

そうなのだ。それで片手を超える数の道場を、ひらいたりつぶしたりしてきた。といって、別段、卑下《ひげ》する気もなければ後悔もない。借金を踏み倒すことはしなかったので、そのつど慌《あわ》ただしい引っ越しをしたくらいの気持ちだった。

「大丈夫だ。そなたにはできるだけ腕の立つ者で、当然、根性もあるという男を回す。逃げ出す心配はない」

「ううむ」

大友にここまで頼まれたのは初めてである。

父の後輩であり、自分にとっても昔なじみである男に、あまり無下《むげ》にもできない。しかも、自分で道場を経営するわけではなく、単に教えるのを手伝うだけである。

「できるだけ、そなたの申し出は呑む。手当も破格の額を用意する」

「いえ、そんなことはけっこうです。なにせ、金がかからない男ですから」

「とりあえず三月ほど」

「そうですな、そこまで言っていただくと」

「やってくれるか」

「お世話になります」

と、頭を下げた。ついでにひさしぶりの江戸を見てまわるつもりである。

「では、ざっと稽古ぶりを見せていただきますか」

「そうか」

さっきの道場に戻った。

同時に二十組ほどが、存分にかかり稽古ができるくらいである。

これほど広いところは江戸でもそうはあるまい。

庭も広く、そこは屋内の倍ほどある。今日は天気がいいので、十四、五組が声を張り上げ、稽古をしていた。

これだけの門弟を集めるのも大変だし、教えるのも容易ではない。大友はそうした才能に恵まれているのだ。

剣客の中には経営についての才能を蔑視する者もいるが、竜之進はそうは思わない。ただ、自分はそうした才に恵まれていないことを、つねに思い知らされてきた。

「どうだ、腕の立つ者はわかるかな？」

竜之進は一通り眺めまわし、

「あの赤い襷《たすき》と、向こうからふたり目の総髪の男」

「あっはっは、さすがだな。あのふたりがここでは突出して強い。室井喜三郎《むろいきさぶろう》、梨岡洋二郎《なしおかようじろう》、こちらへ参れ」

と、大友が呼び寄せた。

どちらも二十四、五。いちばん身体に切れがあるころである。

背恰好もよく似ているが、顔はずいぶんちがう。室井は鼻が長く、間延びしすぎといった感がする。梨岡のほうはずいぶんな好男子だった。

室井と梨岡は、前にやってくると、互いに睨み合い、嫌な顔でそっぽを向いた。

互いに嫌っているのは、一目でわかった。

二

大友からは、道場のわきにつくった住居にゆとりがあるので、そこに住むように勧められた。だが、いつもあの凄《すさ》まじい掛け声を聞いているのはやかましい。昔なじみの連中がいる佐久間《さくま》河岸近くの長屋に住み、そこから通うことにした。両国橋ができたので、歩いてもすぐである。

受け持ったのは、室井と梨岡を入れて二十人ほどの門弟である。その中でも、ふたりは格段に強い。梨岡は半年ほど前に入門したが、そのときすでにいまの技量に達していたという。

室井は入門してまだ二月《ふたつき》ほどだという。すこし身体を斜めにする癖があったが、竜之進の指導ですぐに直った。

あとは二十歳《はたち》前後の若者に、見どころのある者が何人かいた。

そのうちのふたりが井戸端で身体を拭きながら噂話をしているのに行き合わせた。

「聞いたか」

「なにを？」

「竹中《たけなか》が狐と出会ったらしいぞ」

「ひょう。取られたのか、刀は？」

「たぶんな。取られたとは言うまい」

「そりゃそうだ」

「だが、元気がないから、あれは取られたのだ」

ふたりとも十八、九といった年頃で、噂話が面白くてたまらないのだろう。

後ろから竜之進が訊《き》いた。

「そなたたちが話しているのは、両国橋の狐のことか？」

ふたりは急に後ろから声をかけられ、驚いた顔で振り向いた。

「あ、先生。はい、そうです」

「ここの者が刀を奪われたのか？」

「ええ。それどころか、ここの弟子だけを狙っているのではないかとさえ言われています」

「ほう」

「大友道場の弟子だなと、たしかめると言いますから」

「なるほど。その狐はいつごろから出るようになったのだ？」

「最初は三月ほど前だそうです。でも、そう頻繁《ひんぱん》に出ていたわけではないそうです。それがここのところ、出る回数が多くなっています」

「竹中というのは、腕は立つのか？」

「かなり立ちます。望月先生のところに来るかと思ったのですが、前からの師範と離れがたいというので残っています」

「なぜ、この道場の弟子だけを狙っているとわかった？」

「わたしの知り合いで、この先のほかの道場に通っている者は、狐にその道場の名前を言うと、軽くそっぽを向かれたそうです」

「おれの知り合いは、ふふふと笑われたそうだ」

と、もうひとりの弟子が口をはさみ、

「それで、愚弄《ぐろう》するかと怒ったんだそうだ。ちょうど、威勢のいい橋番も当番だったらしく、六尺棒を持って駆けつけてきた」

「ふたりになったのか。それは心強い」

と、若者の片方が目を輝かせた。

「ところが、狐は欄干にぽんと飛び乗り、たたたっと走って、本所側に消えた。

まったく相手にもしなかった。追う間もなかったそうです」

「ほう」

と、竜之進も感心した。それは狐と思われても不思議ではない。

弁慶は刀を千本集めたが、この狐は数を目的にしているわけではないらしい。

しかも、身の軽さといったら、弁慶というより牛若丸《うしわかまる》ではないか。

「先生。やっぱり狐ですかね？」

片方が真面目な顔で訊いた。狐が人を化かすことは、ほとんどの人が信じている。

「さあ、どうかな」

竜之進は笑った。

「おい。ふつう、狐というのは女に化けるんじゃないのか」

と、片方が仲間に言った。

「そうなのか」

「そうですよね、先生」

「らしいな。しかも、この狐が化けた女と、一晩、寝たりするとひどいことになるらしいぞ」

「どうなるんですか」

「息が熱く、火のようだと言うからな」

「なんだか、色っぽいですね」

「そう。あまりの色っぽさに、骨抜きになってしまうのさ。とくにお前たちの年頃の男はな」

と竜之進はとぼけた顔で言った。

「お前、だまされたいんだろ」

「お前もだろ」

ふたりは肩をぶつけ合って笑い合い、

「狐はどうやると出てくるんだろう?」

「好物の油揚げで釣るのさ。だが、いくら悪さをしても、狐はやたらと殺してはいけないんだぞ。なんせ、お稲荷さまのお使い、神の獣でもあるからな」

「そりゃあ、厄介《やっかい》だな」

もはや冗談話になってしまっている。

竜之進もたしなめたりはせず、隣で身体を拭いた。

「狐は厄介なのさ。そうですよね、先生」

「そうよな」

と、適当に返事を濁した。

厄介なのは狐だけではない。人生そのものが厄介なのだが、こんな若者たちにわざわざ辛気《しんき》臭い説教をすることはない。みな、ひとりずつ、いろんなかたちで学んでいくのだ。


布団を敷こうとして、腰のあたりに疲労があるのに気づいた。そういえば、この三日ほど痛みのような疲労がつきまとっている。

若いころにはなかった痛みである。

うつぶせに寝て、自分でこぶしを後ろに回し、痛みのあるあたりを丹念に揉《も》んだ。

望月竜之進は、四十になっている。

旅先で知り合いになり、しばらくはふたりで山に籠もったこともある先輩の剣客に、

「四十はきついぞ」

と、言われたことがある。「いや、四十からがきついのだ」と。

「身体がですか?」

と、竜之進は訊いた。

「身体というよりも、暮らしがきつくなる。武芸者としての暮らしがな。強くなることや技を磨くことだけを考え、潤いから目をそむける――そんな暮らしが松の木から脂《やに》が出るように嫌になってくる……」

そのときはあまり聞きたくない話だった。実感もなかった。

いまはむしろ聞きたい。

その先輩は、すでに五十ほどになっているだろう。四国に入ったとまでは聞いたが、それから音沙汰がない。もしかしたら、亡くなったのかもしれない。寂しい最期だったのだろうか。

自分にも、気ままな暮らしに別れを告げなければならないときは来るのだろうか。若いときのさすらいの日々が愚行だったと悔やみながら。

この夜――。

竜之進は長屋で横になってもなかなか寝つかれず、ぼんやりしていた。

夢のような光景が浮かんだ。

子どものとき――というか、もう十四、五にはなっていたような気がする。父が狐のお面をかぶってそっと出ていった。

いや、夢ではない。あれは、本当にあったことなのだ。

白い張子《はりこ》の面。目は鋭く吊り上がり、耳と口は真っ赤に塗られていた。

父はその面をかぶり、なにか覚悟でもあるようにじっと立ちつくし、それから竜之進のほうをちらりと見て、出ていった。竜之進は起き上がり、戸をすこしあけて、月明かりの白い道を眺めた。

もしかしたら、父はそのまま帰らないような気がしたのではなかったか。

だが、父はその夜、遅くに戻ってきたし、翌日もいつものように朝餉《あさげ》の席に着いたはずである。

明暦の大火で町並はすっかり変わったが、あれはここ佐久間河岸近くの裏長屋にいたときのことだった。子どものころから旅に明け暮れることの多かった竜之進にとって、唯一、ふるさとという言葉を実感させてくれるのが、この佐久間河岸界隈《かいわい》だった。

三

夕刻になって稽古を終えた竜之進は、大友の部屋に行き、

「ご存じでしょうか、両国橋の狐の話を?」

と、訊いた。

「うむ」

大友は眉をひそめてうなずいた。

「斬られて怪我をした者はまだいないが、どうしたものかと気にしていた。沽券《こけん》にかかわる、ぶちのめしてやりましょう、という師範もいるが、あまり騒ぎにはしたくない」

「若いやつらが言うには、今宵あたり出そうだそうです」

月齢は十三日であり、雲一つなく晴れている。夜になって急に雲が出ることもなさそうである。

「わたしが見てまいりましょうか」

と、竜之進は言った。

「いや、わしも行ってみよう」

「そのほうがよろしいかもしれません」

この道場になにか怨みでもあるなら、じかに問いただしてみてもいい。

「そうだな……」

行くとは言ったが、大友の口ぶりは重い。

臆しているはずはない。なにか屈託《くったく》があるのだ。できれば、明らかにしたくないようななにかが。

夕飯は大友のところで食い、暮れ六つ（午後六時ごろ）をいくらか過ぎてからふたりで外に出た。

九月の夜風はすこし肌寒いほどだった。

「こんなことを訊くと嫌がられるかもしれぬが……」

と、大友は歩きながら言った。

「どうぞ、なんなりと」

「そろそろ旅の暮らしも終わりにしようと思ったりはせぬのかな」

遠慮がちに訊いた。

「じつは、昨夜もそんなことを考えました」

「そうか、やはり考えるか」

「なにも考えずに済んだ頃が懐かしいですね」

「そうなのさ。だが、どこかでときの流れにとっつかまってしまう」

「浮雲みたいに生きたいと思っていたのですが」

「それは無理だ、望月」

「そうでしょうか」

「家を持て。妻を持ち、子をつくれ。人はどこかで根づかなければならぬ。わしは失敗したが、そなたならやれる」

回向院《えこういん》の前に出て、広小路まで来ると、坂道のように両国橋があらわれる。ちょうど月は、橋の真上から照らす位置にあった。

「人けは少ないですな」

「狐のせいなのかの」

ふたりは橋の中ほどまで来た。

川音が夜の闇に響いている。下をのぞくと、月明かりで小さな波がつぶやきのような明滅を繰り返している。

「来るかな」

と、大友が言った。

「さて」

竜之進にはなんとも言えない。

門弟たちが言うには、狐は神田《かんだ》側からこっちに来るのではないという。前を歩いていく武士が、ひょいとこちらを向くと、狐の面をつけているのだという。

——ん？

向こうからゆっくりと女がやってきた。

美しい女である。だが、若くはない。

——狐か。

と、竜之進は思った。

女がすれ違おうとしたとき、

「あっ」

大友が息を呑んだ。

「なにか？」

女も足を止めた。強い香《こう》の匂いが、竜之進のほうにも流れてきた。

「美紗《みさ》どの……」

「え……」

「美紗どのでございましょう」

女は怯《おび》えたしぐさから大友をうかがい、

「まあ、大友さまでいらっしゃいますの。大友さまですのね」

ふいに顔を輝かせた。

「はい。大友巌左衛門にございます」

闇の中に花が咲いたようである。

知り合い同士らしい。竜之進は遠慮して、さりげなく五、六間離れ、ふたりのようすをうかがうことにした。

「ああ、嬉しい」

「何年ぶりでしょう?」

と、大友が訊いた。

「あれから二十五年経ちますね」

「二十五年」

大友は途方にくれたような顔になった。この橋の下の川を、どれだけの水が流れたのだろうか。

「元気でいたのですか、あれからなにをされていたのですか、いまはどこにおられるのです？」

大友は矢継ぎ早に訊いた。

「まあまあ、そんなに次から次に訊《たず》ねられても。噂はうかがいましたよ。本所の河岸の近くにたいそう立派な道場があると」

「お父上の剣を広めようと頑張ってきました。それより、所帯は持たれたのですか、お子さんはおありですか？」

美紗は子どもをなだめるように、

「またまた、大友さま。ゆっくりお話しいたしましょうよ。両国橋にそう遠くないところに住んでおります。近いうちにおうかがいいたしますから」

「ぜひに」

「では」

女は竜之進にもちらりと頭を下げ、橋の東詰のほうに渡っていった。そこから道場のあるほうとは反対の、左手に折れたらしい。

大友はしびれたような顔で女を見送った。

「いやはや、驚いた」

「お師匠さまの娘ですか？」

話の中身から、それくらいは見当がついた。

「さよう。うっ」

大友は突然、胸を押さえた。

「どうなさいました？」

「いや、大丈夫だ」

とは言うが、苦悶《くもん》の表情になっている。額や首筋に、冷や汗もにじんできた。

「胸が痛むのでは？」

「このところ、ときおり痛むことがあるのだ。だが、じっとしていれば治る。あんまり驚いたせいだろうな」

竜之進は大友を抱えるようにしながら、いったん道場へ引き返すことにした。

この夜は――。

両国橋に狐は出なかったらしい。

翌日の夕刻になって――。

見舞いに訪れた竜之進に、

「昨夜は、みっともないところを見せてしまった」

と、大友巌左衛門は頭を下げた。

ずいぶん顔色はよくなっている。一過性の胸の痛みだったらしい。

「いいえ。そのようなことは」

「あんなことになるのも歳のしわざなのだ」

「ところで、大友さま。両国橋の狐の騒ぎというのは、なにか気になっていることがおありなのではないですか？」

竜之進が訊ねると、大友は庭のほうを向き、しばらく言うべきかどうか迷っているふうだった。

庭の隅には、お稲荷さんが祀《まつ》ってある。祠《ほこら》と小さな赤い鳥居も組まれている。もっとも、これは江戸のほうぼうにあるので、不思議でもなければ、めずらしくもない。

「あるのだ」

と、大友は言った。

「やはり」

「昨夜、美紗どのが二十五年ぶりと言ったが、あのことも二十五年前に起きたのだ」

「というと、寛永《かんえい》年間でございますね」

「そうだ。当時、横山町《よこやまちょう》にあった宮田寛月《みやたかんげつ》の道場は栄えていて、四天王と呼ばれた弟子がその隆盛を支えたものだった……」

「はい、宮田道場ですね」

竜之進は父から直接、剣を習ったので、ほかの道場には通ったことはない。ただ、その宮田道場には、十四、五の頃に一、二度顔を出した記憶があった。

「ひとりは、この大友巌左衛門。ひとりは、わしの兄弟子だった、そなたの亡父望月源七郎《げんしちろう》どの……」

「はい」

「ひとりは、室井喜右衛門《きえもん》」

「室井？」

「そう。ここに来ているあの室井喜三郎の父だ」

「なんと」

大友からも、当人からも、それは聞いていなかった。思惑があって言わなかったのか、それともわざわざ言うほどのことではないのか。

「そして、もうひとりは、雨沼天一郎《あまぬまてんいちろう》という天才肌の剣士だった。この四人はいずれ劣らぬ腕前だった。だが、そこに難しい問題が起きた。師は齢《よわい》を重ね、あのころは道場を誰に継がせるべきか、迷っていたのだ」

まるで、いまの大友のようではないか。

「師には息子はおらず、美紗という名の美しい娘がひとりいた」

「昨夜の女人ですね」

「さよう。当時は美しかったものよ」

たしかに二十五年を経たいまも、その頃をうかがわせる美貌だった。

「当然、道場の跡を継いだ者は、この美紗を嫁にできる。門弟たちのあいだで、なんとなくそわそわしたような雰囲気が漂っていた。だが、暗黙のうちに、候補者は四天王だということになっていた……」

「だが、そのころ、すでにわたしが」

「さよう。望月どのにはお子がおられた。だが、奥方はすでにお亡くなりであった。だから、望月どのにも資格は十分、あった」

「ふうむ」

父にもそんな気持ちがあったのだろうか。その後もわたしを連れて、各地を遍歴した父だが、いっときはそうした定住する暮らしに憧れを抱いた日があったのかもしれない。

「剣術の道場であるから、やはりいちばん剣の腕が立つ者に譲りたい。しかし、四人の力は拮抗《きっこう》し、甲乙がつけにくい。それで試合をして決めるべきだということになった」

「なるほど」

「だが、これはあとになって推測したのだが、やはり師には継がせたい人、継がせたくない人があった。すなわち私情が入り込む恐れがあった……」

「所詮、後継者などというのは、そういうものなのでは？」

と、竜之進は言った。それで、対抗馬の一派は冷や飯を食ったり、出ていったりする。風来坊の竜之進から見ても、世の中はそうしたものである。

「だが、当時は道場内にそれが許されない雰囲気があったのだ。師もまた、つねづね剣に生きる者は私心を捨てるべきだということをおっしゃっていたからな」

「ははあ」

そういう動きならわかる気がする。おのれの言葉に縛られていったのだろう。

「そこで、師は一計を案じた。四人に面をかぶらせ、顔を見ずに勝ち負けを判断しようとなさったのだ」

「面を？」

「師の宮田寛月は茶目っ気というか、ちと酔狂《すいきょう》なところがあった。だから思いついたのだろうが、決してふざけているわけではなかった」

「だが、面などかぶっても……」

太刀筋や身体つきで、簡単に見分けはつくはずである。

「そう思うだろう。だが、四人とも体型はよく似ていて、しかも太刀筋は同じなのだから、面をかぶると見分けがつかなくなった。しかも、試合をおこなったのは、月夜の川原だったのでな」

そう言って、大友は目を閉じた。

また、胸の痛みがぶり返したのかと思ったが、そうではないらしい。その夜の光景を思い出しているらしかった。

「試合はおこなわれたのですね？」

「やった」

「勝ったのは？」

「わからぬのだ」

「わからないですと？」

おかしな話である。わからぬなどとは、師の器量が問われる事態ではないか。

「たしかに難しかったのだ。なにせ実力は拮抗していた。相撃ちが多く、判断が難しかったようだ。しかも、師匠にはこうなって欲しいという思惑もあったのだからな。その懊悩《おうのう》はわしにもわかる気がする」

「そういうものでしょうか」

正直、竜之進にはわからない。

「それで、よく考え、明日、跡継ぎを決定するとして、その場は留保ということになった。ことが起きたのは、その夜のことだった……」

「なんと」

「師が何者かに襲われ、亡くなった。そして、ほかの弟子たちがいまわの際の言葉を聞いた。師は、こう語ったそうだ。狐にやられたとな。しかも、狐の面をかぶって飛び出していった者も目撃されていた」

「狐に……」

竜之進の脳裏に、狐の面をかぶって出ていった父の姿が浮かんだ。

まさか、宮田寛月を殺したのは……。

「四人の中に、狐の面をかぶっていた男が一人いた。たぶん、その男があらわれて、師匠を斬ったのだろう」

「それは誰だったのですか？」

と、竜之進はかすれた声で訊いた。

「わからぬのだ。わしはもちろん、自分がかぶった面がなにかは知っている。わしは般若《はんにゃ》の面をかぶって戦った。だが、ほかはわからぬ」

「ううむ」

竜之進は唸《うな》った。

なにか、解《げ》せない話である。

大友はすべてを話してはいないような気がした。

――大友は、狐の面をつけたのは父だと思っているのではないか……。

その証拠のようなものはあるが、こうした理由から、すべてを打ち明けたくても言えないのだ。

「失礼を承知で申し上げますと、いま、当時のことをお話しできるのは大友さまだけ。大友さまが嘘をおっしゃっても、わたしには判断のつけようがありませぬ」

無礼を承知でそう言った。だが、あまりにも判然としない話を、そうでしたかと簡単に鵜呑みにするわけにはいかない。

「そうだな」

大友はうなずいた。

「それで、結局、大友さまが跡を継がれたのですね？」

「それはちがう。師があのような亡くなり方をしたため、跡継ぎうんぬんの話は消えてしまったのだ。道場は畳まれ、美紗どのは姿を消した」

「ほう」

「室井も雨沼も、そして望月どのも姿を消してしまった。仕方なくわしは残った弟子たちをできるだけ引き受け、浅草《あさくさ》に小さな道場をつくった。それがこの道場の前身だ。もともと望月どのは浪人されてから旅を好まれたが、そうしたことにつくづく嫌気が差したらしく、諸国をさまようようになった。そなたもごいっしょされたのだな？」

「はい」

父とともに諸国を回ったこともある。

「もしかしたら、両国橋に出現するという狐は、あのときのごたごたと関わりがあるのではという気がするのだ……」

「……」

たしかにそんな気もする。

当時の宮田寛月と、いまの大友巌左衛門の境遇。

狐の面。

どことなく近似《きんじ》している。

すっかり日は暮れてしまった。夜の庭に稲荷の祠が見えている。

ふと、その祠にからすが来てとまった。夜がらすである。

――いや、鵺《ぬえ》か。

竜之進は目を凝らした。

四

その翌日――。

事態はまた一つ動いた。

大友道場の若者が両国橋で狐の面の者に声をかけられたところに、室井喜三郎が駆けつけて斬り合いになったというのだ。

たまたま遅くまで道場に残っていた竜之進は、報せに来た若い門弟からその話を大友巌左衛門とともに聞いた。

「抜いたのか」

と、大友は訊ねた。

「はい。二人とも真剣です。凄まじい対決でした」

「それで？」

「橋番が騒ぎ、近くの辻番からも人が出てきて騒ぎになったので、狐がまた欄干の上を走り、逃げてしまいました。決着はつきませんでした」

「室井を呼んでまいれ」

と、大友は命じた。

室井喜三郎はすぐにやってきた。

斬り合いをしたあとの興奮が残っているのか、顔が上気している。

「やたらに刀を抜きおって」

大友は叱った。

「ですが、このまま道場を愚弄されてよろしいのですか」

「それはわしが考えることだ。私闘はならぬ」

と、強く言った。

「はっ」

室井は頭を下げ、悲壮な顔で退出した。

「ううむ」

と、大友は呻《うめ》き、考え込んでしまった。憂悶《ゆうもん》も深くなっているようだ。

そうしょっちゅう出るわけではないが、これでは怖くて夜は誰も通れなくなる。

江戸の人々に迷惑をかけつつある。

「決断しなければならぬときなのか」

「決断？」

と、竜之進が訊いた。

「うむ。道場の後継者を宣言すべきときなのかもしれぬ」

「………」

竜之進は黙ってうなずいた。

たしかにこの騒ぎには、後継者争いという火種がちらちらしているような気がした。というより、大友の周囲に騒擾《そうじょう》の理由は、それしか見当たらないのだった。

それから、四半刻《しはんとき》（およそ三十分）ほどあとである——。

美紗が道場を訪ねてきた。

「美紗どの……」

玄関に出た大友が、一瞬、ふらりとした。竜之進がさりげなく、肩に手を置いた。

「ご迷惑でしたか」

「いや、そんなことはない」

「重大なお話がございまして」

「うむ。上がってください」

大友は美紗を奥へ通した。

遠慮して席を外そうとした竜之進に、

「どうぞ、望月さまも」

と、美紗は言った。竜之進のことを知っていた。

「そうおっしゃるのだ。そなたもいっしょにうかがおう」

「はい」

大友と竜之進が、ともに美紗の話を聞くことになった。

「じつは、梨岡洋二郎は、わたしと雨沼天一郎の息子なのです」

と、美紗はさらりと言った。

「えっ」

大友は息を呑んだ。

竜之進はとくに意外に思うことではなかった。

「梨岡の名は、その後、わたしが後妻に入った家の名。もっとも、二人目の夫もすぐに病死してしまいました」

「そうでしたか」

「そして、お願いがございます。大友さまの道場、拝見いたしますと、跡継ぎはいらっしゃらない」

「む」

「梨岡洋二郎は、宮田寛月の孫。この道場を、息子にお譲りくださいませぬか」

「なんと」

「あのとき、父はおそらく雨沼に跡継ぎを託そうとしていたはず」

と、美紗は自信たっぷりに言った。

「それは」

「そして、大友さまが宮田の孫の洋二郎に道場をお譲りしてくださるなら、二十五年かけて元にもどるようなもの」

それは勝手な理屈というものだろう。

さすがに大友もうなずかない。

「ちと、お訊ねいたす」

と、竜之進が割って入った。

「どうぞ」

美紗は冷たい顔でうなずいた。

「両国橋に出現する狐は、洋二郎さんですな?」

と、竜之進は訊いた。

大友が鋭い目でこちらを見た。おそらく、同じ疑いを持っていたのだ。

「はい、洋二郎です」

美紗は簡単に認めた。

「はじめは軽い気持ちだったのです。遊びのようなつもりだったのです。洋二郎の強さを知らしめ、じつはということで大友さまにも笑っていただこうと。ところが、室井さまの子息が入門してこられ、あげくに望月竜之進どのまであらわれて、遊びにはできなくなってきたのです」

「なるほど。わかりました」

美紗は雨沼とのあいだにできた子の成長だけを願って生きてきた。

そして、大友の道場が栄えているのを見るにつけ、なんとか息子をかつて父があったような座に就けてあげたいと思うようになった。息子は、父と夫の血を引き、剣の才能には人一倍恵まれている。

美紗は一子、梨岡洋二郎を大友道場に送り込んだ。

さらに、息子に刀狩りをさせた。

狐の面をかぶらせたのは、やはり四つの面の中で、いちばん印象の強いものだったからかもしれない。

そして、息子の強さを知らしめたうえで、じつは、この子は……としたかった。

ところが、思惑がずれてきた。

室井の息子が強い。それが入門してきた。

さらに、望月の子もやってきた。もしかしたら、大友はこの望月にあとを譲る気かもしれない。

そう考えたら、美紗は気が気でなかったのかもしれない。

だが、そうした焦りは露ほども見せずに、

「では、こうしませぬか」

と、美紗は言った。

「どのように？」

「再現するのです。二十五年前を」

あらかじめ話のなりゆきを予測していたように、次の案を披露した。

「え？」

「あの夜、なにがおこなわれたのか。わたしは現場こそ見ておりませぬが、だいたいのことは存じ上げております」

「それはそうでしょうな」

「大友さま。望月源七郎どのの一子、竜之進さま。空井喜右衛門どのの一子、喜三郎さま。そして、雨沼天一郎の一子、洋二郎。この四人が、あのときのように面をつけて戦うのです。勝った者が、この道場の後継者となる。大友さまが勝ったなら、それは改めて大友さまが指名なされればいい」

「なんと……」

「そうすれば、当時の秘密もすべて明らかになるはずですから」

「秘密？」

「はい。あの試合には、いまだはっきりしない秘密がありましたでしょう？　父を殺した者が誰かといったこともふくめて」

「……」

大友は目をつむり、宙を仰いだ。

長いあいだ思案し、目を開くと、

「そうしましょう」

と、返答した。

五

それから二日後――。

二十五年前は、大川の川原でおこなわれたという試合だが、このたびは回向院の境内でおこなわれることになった。

のちに相撲の興行がおこなわれるくらいだから十分に広い。

月は十七日目のすこし欠け始めた月ではあったが、かがり火が二本焚《た》かれ、決して暗くはなかった。

ただ、風が強かった。

武器は竹刀が選ばれた。竹刀とはいっても、竜之進ほどの腕になると、命を奪おうと思えば奪うことができる。手を抜くことなどできない。

面は四つのなかから目隠しをして選び、自分以外、誰がどの面を選んだかは、わからなかった。竜之進は狐の面を選んでいた。

向かい合うと、面は狐のほか、般若とひょっとこ、それと能の翁《おきな》であることがわかった。

四人が向かい合う。みなが、三人を相手にすることになる。

しかも、味方などはない。

まさに、望月竜之進が標榜してきた三社流が実戦のかたちとして現出していた。

「……………」

声もない。声音から正体が知られるのを警戒しているからである。

狐が、つつっと前に出た。

「たっ」

と、翁が撃ってきた。

その翁を般若が襲った。

般若にひょっとこが襲いかかるのを、竜之進の狐が横を襲った。

ひょっとこは飛びすさった。

これで、もとのかたちに戻った。

次は翁が前に出て、同じような動きが繰り返された。

こうした動きが四、五度つづいた。

やがて、竜之進が予想した通りの展開となった。

すこしのあいだ向き合って戦っているうち、やはりひとりの正体がわかってしまったのだ。般若の剣筋は鋭くても、動きに粘りがないのだ。それが、六十の齢を重ねた大友であることは明らかだった。

残りのふたりは、すくなくとも竜之進にはまだ区別がつかなかった。

まもなく大友以外のふたりが、大友を攻め立てる展開になった。

示し合わせたわけではないだろう。勝ち残るための手立てとしては当然であった。

そして、竜之進が大友を守るようにしながら、残るふたりと戦うかたちになった。

た。

　ふいに、大友の膝が落ちた。

「はっはっはっ」

　苦しそうに息をつき、

「わしがまず、敗れたわけだな」

　と、胸を押さえながら言った。

　一瞬、試合を中断し、大友の介抱をしようかと思ったが、大友はそれを望まないかもしれなかった。

「あのとき、わしはたしか翁の面をつけて戦ったはずだった……」

　大友は言った。

　三人は無言のまま、その話を聞いた。

「そして、あのときもたぶん、技量の上でもわしがいちばん劣っていたにちがいない。それは謙遜ではなくわかった。それから室井の腕が残りふたりよりいくぶん劣った。優れていたのは、望月源七郎と、雨沼天一郎だった……」

　と、大友は息を切らしながらも語りつづけた。

　まだ、三人は無言だった。

「師匠が迷ったとしたら、このふたりのどちらを選ぶかだった。あのあと、わしは何度も師の気持ちを推測した。そして、技量の点から言えば、やはり雨沼だと思われたのではないだろうか」

大友がそう言ったとき、

「わたしもそう思います」

と、石灯籠の陰から美紗があらわれた。やはり、隠れてなりゆきを見守っていたのだ。

「ならば、先日、わたしが申し上げたことをそのまま遂行していただいたらよろしいではないですか。雨沼天一郎の子でもある洋二郎に道場をお譲りくださればよ」

「いや、美紗どの、もうすこしお聞きください。技量は雨沼が優れていても、雨沼の剣は危険なものを秘めていた。いや、雨沼の心に危険なものがあると見ていた。しかも、師匠はおそらく、美紗どのが雨沼に好意を持っていることに薄々勘付いていた。そこでなおさら雨沼は遠ざけたかった……」

「そのような」

美紗の顔に怒りがあらわれた。

「わしはおそらく、あの夜、師匠は望月源七郎を後継者にするつもりになったのではないかと思うのです」

「まあ」

「ところが、やはり望月源七郎もまた、剣の技量を見抜く力で、雨沼の力がいちばんであることを察知した。そして、当然、師匠は雨沼を選ぶであろうと思ってしまった……それからあとの推測はつらいのだが、望月源七郎は師匠を襲い、亡きものにしてしまった。これには根拠もある。あのとき、狐の面をかぶっていたのは、望月源七郎だった。師匠にはわかりにくくても、あのとき竹刀を打ち合ったわしにはわかったのだ」

「そうです」

と、竜之進は面をはずしながら言った。

「あの夜のことをわたしは覚えています。父は、狐の面をかぶり、家を出ていきました」

「そうか。そなたも見ていたのか。望月どのは、子を持ち、流浪の暮らしにも疲れを感じ始めていて、道場を継ぐということに魅了されたのではないかと思う。そして、危険な剣であるにもかかわらず、雨沼を選ぼうとした師匠にカッとなり……」

本当にそうだったのか。

だが、竜之進にはわからないことだった。

「やっぱりそうでしたか。じつは、雨沼もそう申していたのです」

美紗が言った。

その母の言葉で、梨岡洋二郎が面を取った。梨岡はひょっとこのひょうきんな面をつけていた。

そうなれば、もはやひとりだけ面をつけている意味はない。室井喜三郎が翁の面を外した。

「父の死にわたしは打ちのめされました。もう跡目争いなどこりごりでした。内心、継いで欲しいと思っていた雨沼にもそう言って、道場は畳むことにしたのです。その後、雨沼は酒に溺れてしまい、早死にしてしまったのですが……」

美紗はキッと竜之進を見て、

「あなたを怨むのは筋違いかもしれませんが、ますます大友さまにはこの望月どののお子には道場を譲って欲しくはありません」

と、言った。

そのとき――。

「それは違いますぞ」

と、美紗がいるのとは反対側の石灯籠の陰から姿をあらわした男がいた。

皆、いっせいにそちらを見たが、

「なんと……」

大友は絶句し、

「あなたは……」

美紗はむしろ懐かしげな顔をした。

室井喜三郎だけは表情を変えない。

「室井喜右衛門さま」

「生きていたのか、そなた」

大友がうめいた。死んだはずの室井だった。

「倅に死んだと言わせていたが、生きていたのさ。あのときの恥辱《ちじょく》のため、ひそかに名乗り出ることもできずにいたのさ。もっともいまは病もあって、家に籠もりきりなのだがな」

「そうだったか。だが、恥辱とはなんだ」

と、大友が訊いた。

「師匠を殺した狐というのは、望月源七郎ではない」

「なんと」

「狐は雨沼だったのだ」

「嘘を言いなさい」

と、美紗が叫んだ。

「嘘ではない」

「父を殺したのは雨沼だったですって……」

「そうです。わしはこの目ではっきり見たのです。雨沼は四つの面を前にして、決断する師匠のようすを盗み見て、狐を取り上げたのにカッとなったのです」

室井の声は静かだった。偽りの気配はなかった。

「『なにゆえに望月ごときを』と雨沼は喚《わめ》き、『愚かな』と一声言って、師匠を木刀で撃ち殺したのです。それからすぐに、師匠が手に取ろうとしていた狐の面をつけたのです」

「それで、そなたは?」

と、大友が訊いた。

「もちろん、わしはその前に立ちはだかった。ところが、雨沼は試合のときよりもいっそう、こうした勝負に強かった。あまりにもあっけなくわしは敗れ、このとおり手を打ち砕かれた……」

室井はその手をみなに見せるようにした。

左右の指先がすべて、わしづかみのかたちで曲がり、動かなくなっているらしい。それは苦悶《くもん》する表情のようにも見えた。

「わしは師の敵《かたき》も討《う》てず、あまりにもたやすく敗れた恥ずかしさのあまり、その場を去ってしまった。『狐が師を殺した』と門弟たちが騒ぎ出したのはそのあとのことだった」

「そうだったのか……」

と、大友が愕然として、室井を見ていた。

「そうですか。雨沼はその後、酒に溺れたのですか。あいつなりの懊悩もあったのでしょうな。カッとなる男だったが、人の心を失ったような男ではなかった」

室井は美紗を見て言った。

「おっほっほ」

と、突然、笑い声が上がった。背筋が寒くなるような、冷たさを含んだ笑いだった。

笑っていたのは美紗だった。

「知ってましたよ。そんなことは」

と、美紗は言った。

息子の洋二郎が目を見開いた。

「ともに暮らしたのです。わからないわけがないじゃないですか。父を殺すまでのことをしたのなら、あの道場を奪い、お腹の中の子にしっかり受け渡すべきだと、雨沼を責めました。それが、あのいくじなしときたら、しまいには酒に溺れたあげく、父の亡霊におびえたりして」

「母上。おやめください」

と、洋二郎がすがりついた。

だが、美紗はそれを振り払った。

「大友さま。わたしを、どうぞ、嫁に」

と、大友のところに擦り寄ろうとした。それなら、そのまま洋二郎が道場を継ぐことになるというのか。心を病んだ者の打算だった。

「女狐《めぎつね》」

と、室井喜三郎が吐き捨てるように言った。

「なんだと」

梨岡洋二郎がカッと頭に血が昇ったような顔になった。

竹刀を構え、室井に近づいた。

「来いや」

室井喜三郎がすばやく竹刀をかつぐように構えた。

そのとき、竜之進の身体が電光のように走った。

室井に迫った梨岡洋二郎の竹刀を下から叩きあげ、その前をすりぬけながら室井喜三郎が打ち下ろした竹刀を払い、すぐさま振り返って、洋二郎の肩と室井喜三郎の胴をぴしぴしと叩いた。流れるような一連の動きで、すべてが終わった。加える衝撃は抑えても、相手に敗北を告げるには十分なほど、心地よく鳴り響いた音だった。

それから四、五日して――。

望月竜之進は旅支度を終え、大友道場の玄関口に立っていた。

「やはり、道場をまかせることは無理か」

と、大友が竜之進の背中に言った。

「申し訳ありませんが、わたしにはできません」

「そうか」

「余計な差し出口かもしれませんが、室井喜三郎の剣はまだまだ伸びると思います」

「うむ。室井がな。わしもそれは考えているのだ」

「そうでしたか」

「それで、梨岡洋二郎が手伝ってくれたらいいのだがな」

「ああ、それはいいですな」

あのあと、梨岡洋二郎は道場には出てきていない。

だが、美紗の気持ちが落ち着いたとき、お詫びにうかがうという書状が届いたのだという。梨岡洋二郎は、決して心根の曲がった若者ではなかった。

「美紗どのこそ、狐だったのだろうか」

と、大友はつぶやいた。

「狐ね……」

田舎を旅していると、狐とはよく出会う。

狐は山奥にはあまりおらず、里山や集落の近くの雑木林などにいる。人に近い生きものなのだ。

そのくせ、犬ほどには人に慣れず、しかも犬からは滅法嫌《めっぽうきら》われている。

その距離が、狐は人を化かすという話に結びつくのだろう。

しかも、狐は肉が恐ろしくまずいので、人間にあまり食われない。毛皮も狸ほど好まれない。なんとなく、哀れな感じがする。

それに竜之進は、あいにくとまだ狐に化かされたことはなかった。

「別に狐でもいいではないですか」

と、竜之進は言った。

「あの人だって、好きで狐になったのではないかもしれない。哀れではあるが、憎むまではしなくてもよいのでは」

剣を修行することは、同時に人の弱さを見つめることだったような気がしている。

「うむ。そうだな。それに、もしかしたら血こそつながってはいないが、あの人がそなたの母になることも、あったかもしれないのだしな」

と、大友は笑顔になって言った。

「それは……」

と、竜之進はそこで言葉を止めた。

たしかにそうなのである。じっさい、この世というところは、いろんなことが起きるのである。

「では、大友さま。お達者で」

「旅か。流浪の旅か」

と、大友は言った。すこし、憧憬の気配もあった。

「ええ。浮雲のように」

そう言ったとき、望月竜之進はすでに旅人になっている。

第二話　箱根路の蛍

一

蛍が一匹、ふわふわと闇に漂ったかと思ったら、たちまち数十匹の群れになって、庭の一角を飛び交い始めた。そのあたりに小川が流れているらしく、水の音も虫の音みたいにかすかに聞こえている。

それを眺めていた望月竜之進が、

「きれいだな。二、三匹捕まえて蚊帳《かや》に入れるか。よく眠れそうだ」

と言うと、同席していた弟子の佐田《さだ》風右衛門《ふうえもん》の妻わらびが、

「あら、望月さま。このあたりでそんなことをすると、気味悪がられますよ」

眉をひそめて言った。

「ここらでは蛍は人の魂だと言われていて、盆前の蛍を捕まえたりすると、祟《たた》りがあると言われています」

その妻の言葉に、

「そうなのか？」

「そんなことは迷信だ」

と、佐田風右衛門がたしなめた。

「ですが、昔からそうしたことは言われています。古《いにしえ》の歌人である和泉式部《いずみしきぶ》も、物思へば沢の蛍も我が身よりあくがれ出《いづ》る魂《たま》かとぞ見る、と歌っていますし」

「おなごの言うことだ。師匠、捕ってきますか？」

佐田は妻の言うことを遮って立ち上がりかけたので、

「いいよ、いいよ。行かなくてよい。蛍の明かりはやはり遠くから眺めるのが風流というものだ」

竜之進は笑って、佐田に座るように言った。

「そうですか。まったく、おなごは迷信深くて参りますな」

「あら、迷信かどうかはわかりませんよ」

「迷信だ」

「いいえ」

妻もなかなか頑固である。

竜之進は苦笑して、

「迷信かどうかはともかく、死ぬと蛍になるというのはあまり嬉しくないなあ」

と言った。

「あら、そうなのですか」

「わたしはむしろ、樹木とか草とか、そういったものになるほうがいい。虫でも構わぬが、未練がましく光るのはなあ。しかも、光るのは尻だし」

竜之進がそう言うと、佐田も妻のわらびも噴き出した。

佐田風右衛門は、竜之進の三社流の数少ない弟子の一人である。

竜之進より三つ歳上だが、十年ほど前、剣の腕が上がらず苦しんでいた。ところが、竜之進の教示を受けるとたちまち上達し、三年前からは郷里の掛川《かけがわ》に剣術道場を開き、たいそう繁盛している。師匠の竜之進が、道場を開いてはつぶしの繰り返しなのに、なぜこうも違うのかと、愚痴りたくなるほどである。

「それより、ご妻女は歌などもよくご存じで、剣術遣いの妻には勿体《もったい》ない」

竜之進が褒めると、

「そうなのです。妻は歌もつくれば筆も達者だし、絵も描くという具合で、わたしもそのうち絵ぐらいは手ほどきを受けようかと思っています」

佐田はのろけた。

と、そこへ――。

客が来て、わらびが玄関口に行き、すぐにもどって来て、

「三島《みしま》の本陣のご隠居さまからのお使いです」

と、告げた。

「なんと？」

「あなたさまに幽霊退治をお願いしたいと」

「幽霊退治？」

佐田はどういうことかと、使いの者を上がらせ、直接話を聞いた。

すると、箱根《はこね》路にこのところしばしば幽霊が出現し、旅人を怖がらせている。幽霊などを退治できるような、なんでもござれの剣法は、このあたりでは佐田風右衛門さまのところだけ。ぜひともお願いしたいとのことだった。

「今日か？」

佐田は訊いた。

「今日はもう遅いと思いますが、明日以降で適当な日があれば」

「適当な日と言われてもな」

佐田は頭を抱えた。このところ、弟子の数が急に増え、道場を留守にするのは難しいのだ。見かねて竜之進が声をかけた。

「わたしが代わりに行こうか？」

「そんな。お師匠さまにそんなことを」

「かまわぬさ」

と、竜之進は紹介状を書くよう佐田に言った。

二

翌日の昼下がり——。

望月竜之進が汗を流しながら訪ねたのは、東海道は三島宿本陣の元あるじで、いまは隠居となった世古六太夫《せころくだゆう》という老人だった。

昨日の使いの者はすでに帰っていて、佐田が書いた紹介状も届いているはずである。

「三社流の望月竜之進と申します」

と名乗ると、

「ああ、はい。さ、さ、上がられて。いま、冷たいものでも用意させますので」

隠居家の客間に通された。

素晴らしい庭が見渡せる。

富士の溶岩らしき岩を積み重ねたような小高い築山《つきやま》があり、岩のあいだにはサツキが繁っている。築山の麓《ふもと》のあたりはモミジとツバキの木が並び、人も歩けるような小道もつくられている。手前には池があり、そこではちゃぷちゃぷと水音がして、冷たい風まで吹いて来る。おそらく、富士の湧水が流れ込んでいるのだ。隠居家からもこれほどきれいに見えるのだから、建物が庭を取り囲むような造りになっているのだろう。

すぐに飲み水と、饅頭《まんじゆう》が出た。

「まずは水を。喉が潤ったら、茶をお出しします」

「ほう」

いかにも三島らしいもてなしではないか。

この水がまた、冷たくて喉越しのいいことと言ったら。

加えて、饅頭の甘味。

「いやあ、うまいですなあ」

思わず唸ると、

「おっほっほ」

ご隠居は楽しそうに笑った。

ご隠居の六太夫のことは、佐田からも聞いてきた。立派な人物で、箱根越えの難儀を少しでも減らすため、山賊や蜘蛛《くも》駕籠《かご》をなくそうと、いろいろ尽力してきたという。見廻り組みたいなものをつくって、一日に何度も街道を往復するようにもした。

そうした甲斐《かい》あって、いまでは、夜も安全に歩けるくらいになった。

ただ、このふた月ほど、奇妙なできごとが起きているらしい。

「かんたんな話はお聞きおよびでしょうが、幽霊が出るのですよ」

「はい」

旅をしていれば珍しくはない。幽霊も出れば、怪獣も出る。しかも三島宿の外れには刑場もあり、出るにはもってこいの場所と言える。

「二人組の山賊の幽霊でして」

「なるほど」

「これが、いい幽霊らしいのです」

「いい幽霊？　山賊の幽霊が？」

それは聞いていなかった。

怖い幽霊と、怖くない幽霊がいるとは聞いたことがある。これだと、いい幽霊と悪い幽霊がいるらしい。だが、怖くなくていい幽霊だったりすると、それは幽霊と言えるのだろうか。

「登りの駕籠を担いでいると、どこからかすうっと現われ、駕籠を担ぐのを手伝ってくれるというのです」

「なるほど、奇特な幽霊ですな」

「どうも、生きているときは、追剝《おいはぎ》やら、命を奪うなど、さまざまな悪事を繰り返していましたが、通りかかった剣豪に斬り殺されてから心を入れ替え、いい幽霊として役に立っているとか」

「剣豪？」

「なんでも塚原卜伝《つかはらぼくでん》という名だったとか」

「ほう」

面白い話ではないか。

だが、にわかには信じられない。塚原卜伝は百年ほど前に活躍した人である。その卜伝に斬られたというなら、百年ほど前の幽霊で、なにゆえにいまごろになって現われたのだろうか。心を入れ替えるのに百年かかったというわけでもないだろうに。

「十年くらい前であれば、わたしどものやっていた見廻り組でなんとかしたのですが、いまは解散してしまいましたし、ひさびさに復活させようと幽霊の話をしたら、皆、二の足を踏みまして。どうも歳を取ると、おじけづいてしまうみたいです」

「ははあ」

「もちろん、宿場役人や道中奉行のほうにも頼んではいますが、いつ出るかわからない幽霊なんてものに人手は割《さ》けないというので、旧知の佐田さまにお願いした次第です」

「よくわかりました。だが、ほんとに幽霊なのですか?」

と、竜之進は訊いた。

やはりどう考えても、いい幽霊というのはあり得ないだろう。成仏せずに幽霊になるのは、怨念だの憎しみだのがあるからで、善行を施そうというような魂なら、成仏してしまうのではないか。

「じっさい、ここらには塚原卜伝に山賊二人が成敗されたという伝説が残っていましてな。しかも二人とも首の周りに、筋ができていたそうで、首を刎《は》ねられた痕だと察しがついたそうです」

「首を刎ねられた……」

もしかしたら、有名な〈一つの太刀〉の技だろうか。あるいは卜伝のもう一つの秘剣とされる〈笠の下〉で斬られたのか。だが、駕籠かき相手に秘剣とされているような技を用いるとも思えない。

「いい幽霊だからといって、出られるほうは嬉しくはありません。このまま出るままにしておくわけにはいかないと思いまして」

と、ご隠居は言った。

「それはそうです」

「もしかして、いい幽霊を装ってはいるが、いずれ本性《ほんしょう》を現わし、害をなすやもしれませんし」

「たしかに。だが、そんなにのべつ出るのですか?」

「最初に出たのは半月ほど前で、つい一昨日も出まして。それで四回目になりました」

「半月で四回ですか」

三、四日に一度の割合ということになる。そう頻繁ではないが、少なくもない。ちょうどというのは変だが。

「幽霊というとたいがいは夜に出ますが、昼間も出ます」

「昼も？」

「なにせ箱根の山道というのは、山陰に入れば昼でも薄暗いところです。幽霊が出ても不思議はありません」

「なるほど」

「ちょっと変わった幽霊退治ですが、お引き受けくださいますかな？」

「もちろんです」

と、竜之進は笑ってうなずいた。

三

宿場の一角に、駕籠屋が客待ちをしているところがあり、そこで幽霊に遭ったやつを訊ねると、三組のうちの一組が、

「ええ。あっしらの駕籠に出ました」

と、返事をした。

二人とも二十歳前後か。身体こそがっしりしているが、笑顔は幼くて、なかなか善良そうな若者たちである。

「どんなふうに出たんだ？」

「夕方にここを出て、かなり急いで登ったんですが、峠を前にして、ちょうど日が暮れちまったんです。すると、目の前をふうっと蛍が飛びましてね」

「蛍がな」

「人魂《ひとだま》みたいというか、そもそも蛍っていうのは人魂なんでしょう？」

兄貴分らしきほうが、怯えた顔で訊いた。

「わたしは知らないな」

竜之進は苦笑して言った。佐田の妻が言った話は、やはりここらではかなり信じられているらしい。

「とくに盆前の蛍は人魂なんだそうです。ああ、なんか嫌だなあと思ったとき、担いでいた駕籠が、ふわっと軽くなったんでさあ。あれ？ と思って振り向くと、いつの間にか男が棒をいっしょに担いでまして。誰だい、あんた？ と訊くと、わたしは幽霊ですと言うじゃありませんか」

「名乗ったのか」

幽霊に名乗られたら驚くだろう。

「びっくりして立ち止まり、恐る恐る提灯《ちょうちん》を近づけると、真っ青な顔をした男で、首にはこう、斬られた痕もあって」

「なるほど」

「気味悪いのなんのって、なあ？」

と、相棒のほうを見ると、

「ええ。おれはあまり思い出したくないんですよね」

青い顔をして言った。

「相棒も魂消《たまげ》てこっちを見ていると、もう一人の幽霊がいつの間にか後ろに来ていて、あっしもお手伝いしますよと」

「担いでもらったんだ？」

「そうですね。でも、まったく嬉しくはねえですぜ」

「ずうっと担いでくれるのかい？」

「きつい坂を峠まで登り切って、そこから宿場まではちょっと下りになるんですが、その少し前あたりに来たら、あっしらはここで、と言って、すうっといなくなったんです」

「どれくらいのあいだ、いっしょにいたんだい？」

「どれくらいでしたかね。一里《り》（約四キロ）は歩いていません。四半里《しはんり》（約一キロ）といったところですかね。なんせ、気味が悪いので、あっしらもできるだけ気にしないようにしてたもんで」

「気にしないように？」

「なんていうか、ああいうときって見ないふりをしていたいんですよ」

「ほう」

「だから、相棒もおれも、ずうっと『えいほ、えいほ』って言いつづけてましたよ」

「なるほどな」

じっさい幽霊に出られると、そんなものなのかもしれない。

「でも、おれはついていないですよ」

兄貴分らしきほうが情けなさそうに言った。

「なにが?」

「いままで四回ほど出たらしいんですが、いつも違うやつが担いでいるときでした。それなのに、おれだけが二度も当たっちゃいましてね」

「お前だけ?」

「相棒がこいつじゃないときも出たんです」

「なるほど。でも、二度目はじっくり見ることができたんじゃないのか?」

「とんでもねえ。またかよ、と思ったら、最初のときより怖かったですよ」

「幽霊は駕籠屋のときしか出ないのか?」

と、竜之進は訊いた。

「駕籠屋のとき?」

「歩いている人の前には出ないのか?」

「あ、ほんとだ。歩いている人の前には出ないんですかね?」

兄貴分がそう言うと、

「歩いてるときに出ても、わざわざこっちに引き返して教えるやつはいないから、数に入ってないだけじゃないの？」

弟分らしき相棒がそう言った。

だが、兄貴分のほうは、

「もどって来て言わなくても、箱根の宿で言うだろう」

「そりゃそうか」

「そういう話は聞かないから、やっぱり歩いているときは出ないのかもしれませんね」

と、兄貴分は竜之進に言った。

「ふうむ」

どうも妙な話である。幽霊は、駕籠を担ぎたくて出て来るのだろうか。

竜之進は少し考えて、

「客もいたんだろうが？」

と、訊いた。

「いました。立派な身なりのお武家でした」

「どうしていた？　退治しようとはしなかったのか？」

「さあ？　どうだった？」

と、またも相棒に訊いた。

「どうしてたんですかね。降りるときには、あれはなんだったのかな、とはおっしゃってましたが」

「そうなのか」

どうも、じっさいに幽霊を目の当たりにしてみると、想像しているようなけたたましいことにはならないらしい。

やはり、皆、どこか半信半疑だったのではないか。

四

それから竜之進は、箱根の街道を歩いてみることにした。

もちろん箱根は初めてではない。数えたことはないが、十回ではきかない気がする。だが、幽霊のことを考えながら歩いたことはない。

そう思って歩いてみると——。

なるほど出そうなのである。

今日は暑いが、雲も多い。陽が差さず、山陰に入り込むような道になると、すでに薄暗くなっている。まだ、暮れるまでは、一刻（二時間）近くあるはずなのに、この暗さである。道の南側が開けて、陽が差し込んでいなければ、いつ出て来ても不思議はない。

ただ、東海道は人の往来も盛んである。上から下りて来る人ともすれ違う。幽霊のほうだって、誰に見られてもいいわけではないだろうから、出る機会は限られるのではないか。

出たはいいが、上のほうから大名行列が来たというときは、幽霊もさっさといなくなるのだろう。

さっきの駕籠屋が出たと言ったあたりは、道のわきをじっくり眺めながら歩いた。何ヵ所か、森のなかから人が出てきたように、草が踏みつぶされているところもあった。獣道というより、人の足が踏んだみたいである。

後ろから、「えいほ、えいほ」という駕籠屋の声がして来た。誰かを乗せて来たらしい。さっきの二人かと思って見ていたら、違う連中だった。

竜之進もかなりの速さで登っているのだが、さすがに坂道に慣れている駕籠屋だけあって、追い抜いて行くのだからたいしたものである。

駕籠が通り抜けて少しすると、

——ん？

なにやら気配を感じた。

幽霊なのか？

あたりを見回すが、両脇は深い森になっていて、人が潜んでもわかりそうもない。

——あの駕籠を狙っているのか？

そう思って駕籠の後を追った。

半町《ちょう》（約五四メートル）ほどあいだを空けて追いかける。

暮れ六つまではあと四半刻（三十分）ほどあるだろうが、草むらにはすでに闇が這い出してきている。道端の地蔵が化け物に見える。木の葉のざわめきのなかに、ひそひそ声が潜んでいる気配もある。

駕籠屋は坂を登り切った。

結局、幽霊は出なかった。もしかしたら、竜之進が追っているのを察知されたかもしれない。

幽霊が出たのは、四回とも峠に差しかかる前だったという。箱根路といっても、箱根の宿から小田原《おだわら》側には出ていないらしい。

「ふうむ」

竜之進は峠のところで立ち止まり、あたりの雄大な景色を眺めながら考えた。

これはやはり、幽霊ではなく、人のしわざだろう。

だが、善良な幽霊に化けて、いったいなにをしようとしているのか。


竜之進は、三島の宿にもどると、本陣の世古六太夫のところに行った。どっちにせよ、幽霊退治のあいだ、この隠居家の奥の一間を使わせてもらうことになっている。

「どうです。なにかわかりました？」

ご隠居は、目につやつやとした好奇心を宿らせながら訊いた。この老人——すでに八十は超えていそうだが、もしもほんとに幽霊だったら、退治などせず樽にでも入れて持ち帰らせ、魚拓《ぎょたく》ならぬ魂拓《こんたく》でも取りたいところではないのか。

「いちおう峠まで行って、出たところ、出そうなところを見て来ました」

「それはお疲れでしたな」

「幽霊ではなく、人でしょう」

竜之進はさらりと言った。

「やはり」

と、ご隠居は言った。少し落胆の気配がある。

「出たというあたりには、森から出て来たような足跡がありましたし、ちゃんとようすを窺《うかが》ってから出て来ています。幽霊がそんな気遣いはしないでしょうな」

「たしかに」

「では、誰が、なにゆえにそんなことをしているのかです」

「はい。そこまで突き止めていただきたいですな」

むろん、そのつもりである。

「ちなみに、この宿場で、なにか揉めごとのようなものはなかったでしょうか?」

と、竜之進は訊いた。

「揉めごとねえ」

ご隠居は腕組みして考え、

「ちょっとした騒ぎはありましたが、今度のこととは関係ないと思いますよ」

「いちおう話してくれませんか?」

「三月ほど前ですが、敵討ちがありました」

「敵討ち」

「若い武士が一人、名乗りをあげて、一人の武士に刀を向けました」

「どうなったのです?」

「さあ」

「さあ?」

「敵討ちというのは、じっさいに目の当たりにすると、あまり見映えのいいものではありませんな」

「そりゃあ、そうです」

むごたらしい敵討ちを見たことがあるし、返り討ちにされたりもする。五対一で取り囲んでも逃げられたのは見たことがあるし、逆に一人で三人の敵を討ったという話も聞いた。いろいろなのである。

ご法度《はっと》や人道にそむくことであれば、敵討ちなどさせず、幕府なり藩なりが正式に討っ手を差し向けるというのが筋ではないのか。

「ここでおこなわれたのは、どうにも気合の入らない敵討ちでしたな。途中からなにやら話し合いになりまして、それから刀を抜いたほうもいったん刀をおさめ、いっしょに引き返して行ったのです」

「ふうむ」

確かによくわからない話である。

五

数日後——。

竜之進は策を講じることにした。相手が人であるなら、なんとか、目の前に引っ張り出したい、おびき寄せたい。

幽霊を見た駕籠かきたちの話を詳しく聞くと、客はいずれも町人ではなく、身なりのいい武士を乗せたときだったとわかった。

「身なりのいい武士とな」

身なりの悪さでは、自分でも情けないくらいである。

本陣のご隠居に頼み、身なりをよくしてもらうことにした。

「ほう。おびき寄せるのですか」

「だが、こんな薄汚い浪人風情の武士が駕籠に乗るのは変だろう」

「はい。では、お着替えいただきましょう」

ご隠居が用意してくれたのは、逆に立派過ぎる衣装だった。輝くほどに真っ白い着物に、緞子《どんす》の袴《はかま》を穿《は》き、袖無しで紋付の羽織も着せられた。紋は桔梗《ききょう》で、当然、望月の家紋とは違う。

「なかなかご立派ですぞ」

ご隠居は笑いながら言った。

「これは分不相応《ぶんふそうおう》でしょう」

「いえいえ、どこぞの若さまのようですぞ」

と言ったあと、ぷっと噴いた。

だが、わがままは言っていられない。この衣装に編笠《あみがさ》をかむり、駕籠屋が集まるところに行った。

「遅くなったが、箱根までは行きたい。駕籠を頼む」

駕籠かきたちは、もしかしたら出るかもと思ったのだろう、ちょっと躊躇《ためら》っていたが、

「じゃあ、どうぞ」

と、二人が立ち上がった。

最初に話を聞いた若い二人組である。

三島宿から箱根宿までは、三里と二十八町（約一五キロ）ある。

七つ（およそ午後四時）に出発したが、二里（約八キロ）くらい来たところで日が暮れ、そのあと残りがあと一里ちょっとくらいになったとき、

「ひっ」

という小さな悲鳴がして、駕籠が止まった。

「どうした？」

「蛍が……」

簾《すだれ》のあいだから外を見る。数匹の蛍が宙を飛び交っていた。蛍の緑の光を見つめると、闇が深くなっていく。

「あっ」

小さな悲鳴が聞こえた。なかからだとよくわからないが、どうやら出たらしい。

一度立ち止まった駕籠が、また動き出した。速度が増したのは、善良な幽霊たちが手伝ってくれているからだろう。幽霊は前と後ろにいるのだ。

「……」

なにか訊かれた。幽霊が訊いたのだ。こいつらは、客に話しかけるのだ。

「え？」

聞き取れなかったので、もう一度訊いた。

「どちらに行かれる？」

訊いたのは、前のほうにいる幽霊である。

「いや、まあ、江戸にある藩邸にな」

しらばくれると、

「どちらの藩邸？」

と、また訊いた。

元山賊や、幽霊が訊きたがることではない。

「そなたたちは、幽霊であろう？」

逆に、竜之進が訊いた。

「そうだが」

「幽霊に教えるようなことではないな」

「ま、そう言わずに」

「なぜ幽霊に化ける？」

と、竜之進はさらに訊いた。

「本物だぞ」

「そうは思えぬがな」

「姿を見るがいい」

「どうせ、化粧《けわい》でもしたのだろう。それより、おぬしたち、敵討ち騒ぎを起こした者だろうが」

「え」

幽霊たちに慌てた気配がある。

「訳を言わぬと、街道の安寧《あんねい》を脅かす者として懲らしめるぞ」

竜之進が脅しをかけると、

「それは無理だろう」

と、幽霊たちは鼻でせせら笑った。腕には自信があるらしい。

「では、懲らしめてみせよう」

竜之進はそう言うと同時に、駕籠から横に転がり出た。

一度、回っただけで立ち上がり、すばやく剣を抜き放って、峰を返した。話も聞かずに斬るわけにはいかない。

「あ」

幽霊たちも一瞬は驚いたが、すぐに腰に差していた杖代わりにもなる棒で打ちかかってきた。

立ち回りが始まると、駕籠屋はなにも言わず、駕籠もそのままにして、三島のほうへ逃げ去って行った。そうするように、あらかじめ言っておいたのである。

「とぉっ」

「たあっ」

二人とも、なかなか腕が立つ。攻撃に休みがない。足を使って、激しく動き回る。

明かりは、置いていった駕籠の前の小田原提灯と、八日目の月だけである。

ふつうの剣客なら、うっかり動けないところだろう。だが、この二人は暗さを苦にしていない。たいしたものである。

しかし、竜之進の動きは、それを上回る。相手の二人には、ほとんど野獣のように見えたかもしれない。

動き回りながら二人の棒をかわし、いったん森に飛び込んだ。かと思いきや、木を片手で摑《つか》んで、ぐるっと反動をつけて回ると、すぐわきから飛び出し、と、それぞれの肩と右腕を打った。ほとんど猿の技と見紛《みまご》うほどである。

「てやっ、たっ」

骨が折れるほどではないが、

「ううっ」

痛みのあまり、二人とも地べたを転がった。

刀を納め、二人の痛みが落ち着くのを待って、

「やるではないか」

と、竜之進は褒めた。じつは、思い当たったことがある。

「そちらこそ」

片方が悔しそうに呻《うめ》いた。

「流派は？」

と、竜之進は訊いた。

「三社流と申すが」

「おそらく聞いたことはないでしょうような」

二人はそう言った。

こんなに嬉しいことはない。

幽霊の話に塚原卜伝を持ち出したのにも納得がいった。自分でもはっきりとは意識していないのだが、おそらく三社流の剣の向こうには、新当流《しんとう》の塚原卜伝がいる。

「いや、聞いたことはあるよ」

と、竜之進は言った。

二人は顔を見合わせ、

「いま思ったが、もしかして」

「あなたも三社流を？」

竜之進が軽くうなずくと、

「もしや、佐田先生の師匠で」

「三社流元祖の」

「ああ。望月竜之進だ」

「これは」

「なんと」

二人の顔に、喜びと尊敬の念が浮かび上がった。いささか面映《おもは》ゆい。

それから竜之進は、二人に向かって言った。

「さあ、訳を語ってもらおうか」

六

三人は、三島宿の本陣に来ている。

駕籠かきたちが放り出して逃げた駕籠も、ちゃんと持ち帰って戻しておいた。

幽霊を騙《かた》った二人は、

「お騒がせして申し訳ありません」

と、竜之進と世古六太夫に詫びた。

「なあに、別に誰を傷つけたわけでもありませんし。それより、お名前を伺いましょうかな」

ご隠居は言った。

「わたしの名は木田新右衛門《きだしんえもん》」

これは、先棒を担いでいたほう。

「わたしは矢沢周蔵《やざわしゅうぞう》」

こちらは後棒のほう。

二人とも、駕籠かきのようななりだが、ろうそくの明かりで見れば、髷《まげ》のかたちや正座の姿勢など、やはり武士である。

「師匠が佐田先生ですから、われらの藩もおわかりですね」

と、木田が言った。

「掛川藩だな」

東海道沿いにある藩である。が、ちらりと聞いたところでは、すったもんだがあって、いまは掛川城には旗本の城代《じょうだい》が入っているらしい。

「それで、幽霊騒ぎの元は、敵討ち騒ぎなのだな？」

と、竜之進が訊いた。

「そうなのです。じつはわたしの叔父が、この矢沢に斬られて命を落としました」

木田が言った。

「わたしは、夜、城の奥に忍び込んだ者を、曲者《くせもの》だと上役に言われ、斬っただけです。だが、顔を見ると、木田の叔父だったので驚きました。すると上役から、面倒なことにならぬよう、すぐに江戸藩邸に向かい、そこで待機せよと言われました」

矢沢が言った。

「なるほど」

「わたしもすぐに上役に呼ばれ、叔父の敵を討てと」

木田が言った。

「ほほう」

「追いかけて、この三島の宿で追いつきました」

「それで、勝負せよと?」

竜之進が訊いた。

「だが、もともと矢沢を討つなんてことはしたくありません」

「わたしもです」

二人はともに、三社流佐田道場の弟子である。

「それで、話すうちに、どうも妙だということに気づきました」

「嵌《は》められたのではないかと」

そう言う二人の言葉に、

「まあ、そうだわな」

と、竜之進はうなずいた。

「しかも、木田とわたしは、すでにおかしなことになっているのです。わたしは木田を斬らないと、国許には帰れないし、木田だって、わたしを迎え撃たずに、江戸藩邸には入れない」

「そうだな」

「もはや、われわれは幽霊のようなものです」

「幽霊になっているのは、むしろ当然でしょう」

「なるほど」

竜之進がうなずくと、わきで聞いていたご隠居が、

「ふっふっふ」

と、笑ってから、

「いや、失礼しました」

と、詫びた。

「察するに、藩内のごたごたのほとんどは、派閥争いだ」

竜之進は言った。

「そう思います」

「わたしも」

と、二人は認めた。

「派閥争いは、後継者争いだったりするが、掛川藩はいま、幕府の直轄のようなことになっているはず」

竜之進は、藩内の事情などはよく知らないが、昔から揉めごとの多い藩で、藩主もしばしば代わり、古くからの地侍《じざむらい》などは困惑しているらしい。

「ええ」

「いまは旗本の小山内次郎兵衛《おさないじろうひょうえ》さまが、城代となっています」

「だが、じっさいに治めているのは、小山内家の用人《ようにん》である塚本羽左衛門《つかもとうざえもん》さま」

と、二人は言った。

「では、その塚本が怪しいのか?」

「怪しいです。それで、わたしの叔父なども、塚本さまのやっていることに異議を唱えたりしていました」

と、木田が言った。

「わたしも、塚本さまとは距離を置いていました。どうも、江戸から何人か、塚本さまの家来のようなのが入って来ていて、藩の中枢《ちゅうすう》を占めつつあるみたいでしたので」

と、矢沢が言った。

だんだん事情がわかってきた。

「塚本は地侍で、生意気な連中を追い出しにかかったわけだ」

と、竜之進は言った。

「おそらく」

と、木田はうなずき、

「それで、まずは詳しい事情を探るため、幽霊になって、掛川藩の者らしき武士に探りを入れようと思ったのです。塚本さまの家来たちは、始終、江戸と掛川を往復していますので、ここで捕まえられるだろうと」

「ただ、われらも向こうの顔をよくわからないので、あのようにまずは誰何《すいか》するという方法になりました」

「駕籠に乗っている者の前にしか現われなかったのはなぜなんだ?」

と、竜之進は訊いた。

「それは、そのほうがこっちも危なくないからなのです。歩いている前に現われると、顔もはっきり見られるし、斬りかかって来るときもあります。じっさい、そういう目に遭いました。駕籠に乗っているときに幽霊のふりをするなら、向こうも恐怖心があるから、なかでじっとしていてくれます」

ほぼ話を聞き終え、竜之進はご隠居を見た。

「事情はわかりました。だが、核心のところはまったく解決していませんな」

と、ご隠居は言った。もちろん、核心まで解決させたいのである。

「打開策はありますか？」

竜之進はご隠居に訊いた。

「いったん塚本羽左衛門の横暴をやめさせ、江戸の上屋敷に内情を訴えるというのが筋ではないですか？」

ご隠居がそう言うと、

「わたしの叔父もそうするつもりだったようです」

木田は言った。

竜之進は二人の顔を見つめ、

「よし、手伝おう」

と、言った。

七

「それで、そなたたちの芝居はもう少しつづけてもらう」

と、竜之進は言った。

「はあ」

「それはかまいませんが」

「ただ、塚原卜伝に斬られた山賊というのはよくない」

「どうするので？」

「敵討ちだというので、斬り合って死んだ若い武士たちの幽霊のほうがいい」

「ということは？」

「自分たちの幽霊に化ければいい」

「はあ？」

二人は顔を見合わせる。

「塚本たちは、そなたたちの斬り合いがどうなったかは知らないのだろう？」

「と思います」

「気にはなっていると思いますが、矢沢は江戸に行っていないし、わたしは掛川にもどっていません」

と、木田は言った。

「だから、わたしは一度、掛川に行って、噂をばらまいて来る」

「どんな噂です？」

「敵討ちで相討ちになった二人が幽霊になり、自分たちが騙《だま》されたことをべらべらしゃべっていると」

「そりゃあ、面白い」

と木田が笑い、

「だが、信じますか？」

矢沢が訊いた。

「信じるさ。後ろめたいものがあるやつほど、幽霊を信じるんだ。しかも、佐田にも頼めば、城内にはあっという間に広がるだろう」

「そりゃあ、もう」

「すると、どうなります？」

「塚本一派は、幽霊退治に来るさ」

「ははあ」

「身内を引き連れて来るだろうから、それで江戸表《おもて》から来た誰が、その一派かもわかるだろう。そいつらを迎え撃てばいい」

「斬るので？」

「斬るまではしなくていいだろう。多少きつめに打ち据えて、横暴はやめると約束させ、そなたたちは早いこと地侍の意見をまとめて、江戸へ陳情に上がればいい」

「なるほど」

「もちろん、打ち据えるのはわたしも手伝う」

「もし、向こうの一派のほうが、断然多くなっていたら？」

「そのときは、そなたたちは本当に死んだことにして、江戸で浪人として生きるしかあるまい」

竜之進は脅しのつもりで言った。

「望月先生を見ていると、それもいいような気がしますな」

木田がそう言うと、

「まあな」

矢沢もうなずいた。

「そんなに気楽そうに見えるか？」

「気楽ではないのですか？」

「それはそうさ。藩士のほうが気楽に決まっている。浪人などは路頭に迷っている身分に過ぎない」

才覚でもって生計を立てるのは容易ではない。剣術指南でちゃんと食べていければいいが、それは難しい。弟子がいないときは、用心棒仕事もすれば、街道筋で勝負の真似ごとまでする。

では、藩士になりたいのかと訊かれれば、竜之進はそれはなりたくない。何度かそれらしい境遇になったことはあるが、堅苦しい暮らしにどうにもなじむことができず、ふた月三月ほどで逃げ出してしまった。宮仕えのできない気質なのだ。

すると、ご隠居が多少不安げな顔で言った。

「打ち据えるだけで、塚本とやらがおとなしくなるかどうかでしょうな」

翌朝――。
竜之進は掛川の佐田道場にもどることにした。

三島の本陣を出ようとすると、大名行列が到着したところだった。丸に十字の紋。薩摩《さつま》藩、島津《しまづ》家の行列である。

――さすがに本陣というのはたいしたものだ。

と、竜之進は感心した。

そればかりか、駕籠から出た島津の殿さまが、

「隠居は元気か。また、面白い話を聞かせてくれるよう伝えてくれ」

などと話しているではないか。

あのご隠居の人徳なのだろう。

竜之進は掛川にもどると、すぐに佐田風右衛門にここまでわかったことを話した。

「そういうことでしたか。塚本羽左衛門の専横《せんおう》ぶりは聞いてはいましたが、そこまでひどいとは」

と、佐田はうなずき、

「木田さんも矢沢さんも可哀想に」

と、妻のわらびは同情した。

「それで、塚本の家来どもを打ちのめし、おとなしくさせてやろうと思ってな」

「手伝いましょう」

と、佐田は言った。

「いや。この一件にそなたはからまぬほうがいい。わたしと矢沢と木田の三人で片をつけてしまう」

「そんな。塚本の家来というか、ほとんど用心棒みたいな連中は十人近くいますぞ。腕もそこそこ立つようですし」

「大丈夫だ。それで、新たな幽霊話をばらまいて、塚本らの耳に入るようにしたい」

「おびき寄せるのですか」

「そういうこと」

竜之進がうなずくと、

「でも、やたらに話してまわるというのはよろしくありませんね」

わらびが言った。

「なにゆえに？」

「幽霊話というのは、かならず否定する人がいます。たとえば、うちの人に話しても、そんなのはでまかせだと鼻で笑い、誰かに話したりもしないでしょう」

わらびがそう言うと、

「それはそうだ」

と、佐田はうなずいた。

「では、どうしたらよい？」

竜之進が訊くと、

「信じそうな人にだけ、とことん信じさせましょう」

と、わらびは言った。

「そういう適当な人物がいますか？」

「います。この道場に来られている方にも」

「誰のことだ？」

と、佐田が訊いた。

「ほら、高山《たかやま》さんと青木《あおき》さん」

「ああ、なるほど」

佐田は手を打って笑った。よほど適役の人物たちらしい。

「わたくしも協力させていただきます」

「それはありがたい」

「蛍もうまく使いましょう。集めておかないと」

わらびは嬉しそうに言った。


この日の暮れ六つ近くなって――。

二人の弟子が佐田道場の玄関を出て門へ向かう途中、

――ん？

と、足を止めた。

見慣れない武士が、門の横の塀際のところで、頭を掻《か》きむしりながら、なにかぶつぶつ言っていた。

手前に庭を掃いている道場主の妻がいたので、

「あれは？」

と、片方の弟子が訊いた。

「あ、高山さまに青木さま」

高山のほうはやけに背が高く、痩せている。青木のほうは背は低く、ぽよぽよとふくよかな体型である。外見は正反対だが、どちらも顔や姿勢にきりっとしたところがなく、のんびりした感じを漂わせている。

「あの人はなんです？」

高山が訊いた。

「主人の昔の知り合いなのですが、箱根で見たのだそうです」

わらびは声をひそめて言った。

「見たって、なにを？」

「幽霊です。ご存じないですか？　いま、箱根路で評判になっているんです」

「いや、知らない」

「若いお侍二人の幽霊で、なんでも敵討ちが相討ちになってしまったのだそうです」

「敵討ちが相討ちに……」

高山はそうつぶやいて、青木のほうを見た。

青木は、まさか、あの話かな？　という顔をした。

「どうやら、掛川藩のお侍みたいですよ」

「やっぱり」

「それで、塚本のせいでこんなことになった。塚本のせいでと、通りかかる武士に取りつくのだそうです」

「あのお人も、取りつかれたのか？」

高山と青木は、その武士をじいっと見た。

武士は、竜之進である。

竜之進はそれまでも低く呻きつづけていたが、ふいに、

「ぐわっ」

と叫び、剣を抜き放って、宙を斬るしぐさをした。

「おのれ、塚本。おのれ、塚本」

まさに取りつかれたような、緩慢《かんまん》な動きである。しかも、その動きとともに、
いくつもの青白い光が竜之進の身体の周りに現われ、暮れ六つの薄い闇のなかで、
つぶやくように点滅し始めた。

「げっ。蛍だ」

「ほんとだ。取りつかれたんだ」

二人は、青くなって門から出て行った。

掛川藩のなかに、二人の武士の幽霊の噂が広まったのは、たちまちのことであった。

八

三日ほどして、竜之進は掛川から三島にもどった。

「今日の夜には来るぞ」

本陣のご隠居に匿《かくま》われていた二人に言った。

「何人くらいですか？」

「九人だ。佐田に訊いても、どうもそれで全員だろうということだった」

と、竜之進が言うと、

「こっちは三人。一人で三人を相手にする計算ですね」

「まさに三社流にふさわしい決闘の舞台ではないですか」

二人はいきり立った。

「箱根路で迎え撃つのですね」

「それしかないでしょう」

二人が言うのへ、ご隠居は、

「それより、ここでやってはどうです？」

と、提案した。

「いや、それでは迷惑をおかけします」

竜之進は言った。

「離れがあります。そこでやれば、ほかの泊まり客に迷惑をかけることはありません」

「だが、離れに引き入れるのが難しいのでは？」

「それは大丈夫です。うちの手代に声をかけさせ、隠居が幽霊のことを詳しく知っていますと言わせましょう」

「なるほど」

「掛川藩のお武家さまも、うちにはよくお泊まりですので、不信感を持つことはありますまい」

「確かにここのほうがいろんな仕掛けはできるかもしれないが」

「ぜひ、そうなさったほうが」

と、ご隠居は熱心に勧めた。

そこまで言ってもらえるならと、竜之進たちの準備が始まった。

暮れ六つに差しかかったころ——。

塚本羽左衛門と八人の家来が宿場にやって来ると、本陣の手代に声をかけられ、まんまと離れのほうへ入った。

ご隠居が何食わぬ顔で挨拶に出ると、

「幽霊退治に参った。噂はご隠居も聞いているらしいな。だが、安心するがよい。それも今宵で終わりだ」

と、塚本は息巻いた。

「ははあ。ですが、わたしが聞いたところでは、相当強い怨念を抱いているみたいですぞ」

「怨念を？」

「はい。取りつかれた武士の怯え方が、尋常ではありません」

ご隠居がそう言うと、塚本は顔を引きつらせて、

「なあに、どうせ幽霊を騙っているのだ」

「そうなので？」

「もし、本物の幽霊なら、坊主や山伏に頼んで祈禱《きとう》をさせる」

と、塚本は言った。やはり半分では信じているのだ。

「そこまですれば退散するかもしれませんな」

ご隠居はうなずいた。なかなか芝居もうまい。

「まずは見極めようと思ってな」

「わかりました」

「幽霊は毎晩出るのか?」

「毎晩出ます。ただ、もっと遅くなってからのようです」

「そうか。では、酒でも飲んでからにしようか。一杯やって、景気をつけてから山に登ろう」

なんのことはない。怖いのである。

酒が運ばれ、九人は飲み始めた。

ひどく暑い夜である。

酒が回り出したころ、一人が庭を見て、

「え? なんだ?」

と、顔色を変えた。

「どうした?」

「池が妙なふうに波打っている」

たしかに水面が波打ち、じゃぶじゃぶと池の縁から水がこぼれ出している。地震でもないのに、ただごとではない現象である。

皆が見つめている隙《すき》に、ご隠居はそっと姿を消した。

「なんだ、あの蛍は?」

一人が庭の隅を指差した。

巨大な蛍である。

提灯の半分に蛍を詰めただけだが、そう見えるのである。

「あれは、人魂ではないのか」

「ほんとだ」

そう言う声が震えている。苦もなく信じる者のほうが多いのだ。

「馬鹿。そんなことはでたらめだ」

塚本が叱咤《しった》したとき、部屋の屛風《びょうぶ》がいきなりふわーっと倒れて来た。

「うわっ」

皆、総毛《そうけ》立ち、刀を摑んで立ち上がった。

二人ほどは、刀も取らず、四つん這いで逃げた。

ざざーっ。

と、音がして、横の障子戸になにかがかかった。

真っ赤な血。

「血だ」

「誰か斬られたのか？」

「うおーっ」

逆上した一人が、刀を障子に斬りつけたが、がちっと刃がはじかれた。

「なんだ？」

障子を蹴倒してみると、障子戸の向こうに墓が二基、置いてあるではないか。

「なんでこんなところに墓が」

「逃げろ、逃げたほうがいい」

表のほうに出ようとするが、襖《ふすま》はがっちり閉まっていて、どうにも開けられない。

「どうなっている？」

「庭から回れ」

と、池のほうに出たとき、波打っていた池のなかから、のっそりと二人の男が立ち上がった。もちろん、木田新右衛門と矢沢周蔵である。

「出たっ」

「化けもの」

すでに三人ほどは腰を抜かしていたが、何人かは幽霊に斬ってかかった。

だが、怯え切った連中が満足に動けるわけはなく、木田と矢沢の木刀に打ちのめされていった。

竜之進の出る幕はほとんどない。

隣の部屋から、ご隠居といっしょに覗きながら、腹を抱えていただけである。

唯一、裏へ回って逃げようとしていた塚本のくるぶしに、火鉢にあった火箸を投げつけて、逃走を妨げた。三社流では、免許皆伝が近くなると、手裏剣術も教えることにしている。

庭は静かになった。

塚本以外の八人は、地べたに横になり、どこか折れたらしい痛みに耐えている。

「もう、よかろう」

と、木田が言った。

「ああ。あとは塚本さまに、悪だくみを白状してもらえればそれで終わりだ」

と、矢沢も言った。

「きさまら」

塚本が呻いた。

叩きのめされた連中も、なんだ、やっぱりこいつらかという顔をした。

「さあ、白状なされ」

「なにを白状するのだ」

「わたしの叔父を殺させ、あげくにはわたしと矢沢も追い出そうとしたことですよ。すべて江戸表に報告させてもらいます」

「ふん。なにを馬鹿なことを申しておる。おい、皆、掛川に帰るぞ。こんな茶番に付き合ってはおれぬわ」

塚本は言い、倒れている手下たちを立たせたりし始めた。

「え？」

木田が唖然とした。

「帰るだと？」

矢沢が驚いて竜之進を見た。

「ううむ」

竜之進も困った顔をしている。

それは予定にない行動である。竜之進の計画では、ここで塚本が詫びて、一件落着となるはずだった。あとは、塚本の代わりに、もう少しましな用人が送り込まれるだろうと。

しかし、それはあくまでも浪人の発想なのかもしれない。役人だの宮仕えする者だのはかんたんに詫びたりはしない。知らぬ存ぜぬで通してしまうのである。

「そうなるとはな」

竜之進は唸った。

雲行きは変わった。

「そなたたちがなにを喚こうが、しょせんは地侍の青二才《あおにさい》ども。江戸表もわしらが本気で否定すれば、誰も相手にはせぬ」

と、塚本が笑った。

「そうだ、そうだ」

「くだらぬ芝居をしやがって」

「きさまら、それで掛川にもどれると思うなよ」

「もちろん江戸でも同じだぞ」

九人は、ぞろぞろと引き上げようとした。

「待たれい」

竜之進は一歩、踏み出した。

こうなれば、塚本たちに死んでもらうしかないのではないか。幽霊のしわざということにして、木田と矢沢は浪人の道を歩むことになるだろうが。

だが、そのときである。

本陣の建物の二階の雨戸が、いっせいに開けられた。

そこには、提灯がずらりと並んでいた。

提灯にはなんと、葵《あおい》の紋。

「葵の御紋？」

これには竜之進も目を瞠《みは》った。

「塚本とやら、くだらぬ言い訳をするでない」

と、二階から声がした。

「え？」

「このわしが、しかと見た。はっきりと聞いた」

「あなたさまは？」

塚本が訊いた。

「尾張《おわり》の権中納言《ごんちゅうなごん》である」

凜《りん》とした声音だった。

「なんと、尾州公《びしゅう》」

塚本はひれ伏すのも忘れ、立ち尽くすばかり。

「控えおろう！」

二階から下りて来た武士たちが、怒鳴りつけるように言った。

「ははあ」

ほかの手下たちは皆、その場で這いつくばった。

「わしはここで見聞きしたことを幕府に伝えよう。そなたたちは謹慎し、沙汰を待つがよい。わかったな」

尾州公は有無を言わさぬ口調で言った。

「もはやこれまで」

塚本も崩れ落ちるようにうずくまった。

このなりゆきには、木田と矢沢も目を瞠っている。

竜之進もである。

「驚きましたかな？」

ご隠居が竜之進に訊いた。

「それはもう」

「夕方、尾張さまがお着きになられて、わたくしに近ごろ面白いことはないかとお訊ねになられたので、じつは……と申し上げたのですよ。すると、尾張さまが、たいそう面白がられ、改心せぬようであれば、わしの出番だとおっしゃっていただきました」

と、ご隠居が笑った。

「そうでしたか。いやあ、さすが本陣。たいそうな方がお泊まりですなあ」

望月竜之進は、すっかり感心して言ったものである。

第三話　静御《しずか》前の亀

一

そいつは、沼地の草むらのなかにいた。

素早い動きではない。百年とか千年といった遥かな時の流れを感じさせるくらい、ゆったりとした動きである。

だからこそそいつは、音も気配もなく、突然、目の前に出現するのだ。地震や噴火がなにげない日々を突如として台無しにするように。

そいつは、いまもじりじりと、望月竜之進に迫りつつあった。

一面に広がる沼地は、満月に照らされて明るかった。ほうぼうで水面が銀色に光っていた。背丈ほどもある枯れた葦《あし》が風に揺れると、風情というよりは、どこか凄愴《せいそう》とした雰囲気を醸《かも》し出した。

「大丈夫か、望月どの？」

十間ほど離れた土手の上から声をかけてきたのは、松明《たいまつ》を持った代官の後藤五郎太《ごとうごろうた》である。後藤のわきには家来が三人、それから宿場の旅籠《はたご》〈岡田屋《おかだ》〉のあるじの弥右衛門《やえもん》と、山伏の超弦坊《ちょうげんぼう》、さらに博打《ばくち》で食べているような街道筋のろくでなしが三人ほどいる。いずれも遠くから、竜之進の動きを固唾《かたず》を呑んで見つめるばかりだった。

「どこに潜んでいるのか、わかりません。だが、間違いなく、ここらあたりにはいます。こんなやつは初めてです」

と、竜之進は前を見たままで言った。

なにか、なまぐさい嫌な臭いがしている。そいつの臭いなのだろう。

「だろうな。気をつけてな」

後藤が言った。

「ええ」

竜之進がうなずいたときだった。

そいつは、草むらのなかからぐいっと顔をもたげた。深い智慧《ちえ》と、世界への慈悲を感じさせる顔だったが、しかし、あまりにも異形《いぎょう》だった。

「うわっ」

竜之進は驚いて声を上げた。

「どうした、望月どの」

「出ました」

「出たか……」

代官たちがいるあたりからは、生い茂った葦の枯れ枝に囲まれているので、竜之進の動きがよくわからない。

だが、竜之進は勇を奮って斬りかかったらしい。

カキン。

という音とともに火花が出た。

それから何度も、
カキン、カキン。

という金属音がつづいた。

「斬っているのか？」

代官の後藤が大声で訊いた。

だが、返事はない。そんなゆとりはないのだろう。

「助けないと……」

家来の一人がそう言ったが、駆けつけるようすはない。

「望月どのは、わたしが一人で勝てないなら、何人でかかっても無理でしょうと言っていたのだ」

代官の後藤はそう言った。

刀の音が聞こえなくなった。すると、

「まずいっ」

竜之進の慌てたような声がした。

ふだんはどこかのんびりした口調で、慌てるようすなど想像もできない。

「うっ、重い!」

どうやらそいつは、竜之進にのしかかって来たらしい。

「……………」

代官の後藤は、息を詰めて、十間ほど向こうのようすに目を凝らすばかりである。

やがて、闘争の音は途絶え、風に葦の枯れ枝がなびく音だけとなった。ひゅうひゅうと。病んだ年寄りの苦しい息のように。

二

話は五日ほど前にさかのぼる――。

望月竜之進は、武州栗橋《ぶしゅうくりはし》に来ている。

栗橋の宿は、武州の北の端に位置して、利根川《とねがわ》を越えれば、向こうは常州の西の端あたりとなる。

先日、ここの宿で、百姓家で立て籠もりの騒ぎを起こした三兄弟を素っ裸で入って行ってぶちのめすという武勇伝をつくった。

その一部始終を目撃した村の代官の後藤五郎太から、

「ぜひ、当家で十日ほど、わしや家来たちに稽古をつけていただきたい」

と、懇願され、急ぐ旅でもなかったので引き受けたのだった。四十を過ぎたいま、三社流を広めるという野望にはだいぶ翳《かげ》りが生じてきたので、こういったなりゆきは大変に嬉しい。

後藤は気のいい男で、代官所の滞在も居心地がよかった。

じっさい、旅をする武芸者や芸人、山伏などの面倒を見るのも好きらしく、いまも山伏のような修験者《しゅげんじゃ》がこの代官屋敷に泊まっていた。

最初の晩、囲炉裏を囲んだ夕食のとき、

「この男は、超弦坊といってな、卜占《ぼくせん》も得意とするのだ」

と、後藤が山伏を紹介してくれた。

「お初に」

超弦坊は、歳は竜之進よりも若そうで、訊ねると三十六とのこと。

小柄だが、いちおう鍛えた身体をしている。山伏には、武芸者も顔負けの荒くれ者もいたりするが、顔を見る限りでは、穏やかな人物のようである。

「去年もここへ滞在して、卜占でひどい野分《のわき》の到来を予期し、早めの刈り取りや、ほかの作物をつくることを推奨してくれた。そのおかげで大いに助かったものだ」

「いやいや」

超弦坊は、後藤に褒められて素直に破顔《はがん》している。

「卜占はなにでおこなうのかな？」

竜之進は超弦坊に訊いた。

「いろいろじゃよ」

超弦坊は軽い調子で言った。

「いろいろ？」

「そのときの調子とか勘でな」

「ほう」

「変に易《えき》などにこだわると当たらないな。こだわる気持ちは勘を鈍くする」

「なるほど」

と、竜之進はうなずいた。

それは剣術も同様である。型は大事だが、それにこだわると、実戦では力を発揮できなかったりする。

結局、勘がいちばんものを言ったりするのだ。勘を軽んじてはいけない。修行は結局のところ、勘を育てるためにするといっても過言ではない。

「ところで、そなたたちはまだ、宿場の凄い美人を見ておらぬだろう」

と、後藤がニヤッと笑って言った。

「凄い美人？」

超弦坊の目が輝いた。

「まだらしいな。だが、そのうち見つける。あれだけ美しかったら、一町先からでも美人とわかる。田舎にはあるまじき美女だ」

「何者なのです？」

と、超弦坊は訊いた。

「栗橋の〈岡田屋〉という旅籠の娘だ。あれは、静御前の生まれ変わりと言われている」

後藤がそう言うと、

「ああ、なるほど」

超弦坊は膝を打った。

竜之進には、なんのことかわからない。

静御前は知っているが、その生まれ変わりがなぜ、なるほどなのだろう。

ただ、岡田屋という名前には聞き覚えがあった。十年ほど前、風邪を引いて寝込み、左甚五郎《ひだりじんごろう》らしき老人と出会ったのは、岡田屋ではなかったか。

「そういう美人というのは、幸せにはなれませぬな」

と、超弦坊が白湯《さゆ》をすすりながら言った。この男は、酒は駄目らしい。かわりに、囲炉裏で焼いたヤマメを、うまそうに食べている。

「そうか？」

後藤が訊いた。

「それはそうです。なんにせよ、突出した者は、恨みも買えば標的にもなる。それは剣技でも同じでしょう。あまりに強くなると、敵は増えるし、余計な騒ぎにも巻き込まれやすくなる。そこで生き残るのは容易なことではない。のう、望月どの？」

「わたしなどは……」

「そうかな。わしなどは、それが嫌だから、卜占も適当に外すようにしているのです」

「あっはっは」

後藤は愉快そうに笑ったが、竜之進は内心、

――それは当たっている。

と、思っていた。

美貌も強さも、ほどほどが身の安全かもしれない。


その翌日である。

夕方になると、後藤五郎太は仕事の手が空いたらしく、

「望月どの。ウナギを釣って、食おうではないか」

と、竜之進を釣りに誘った。

竜之進も、家来たちに一通り稽古をつけ、井戸端で汗を拭き、休息していたところだった。

「釣りですか」

「お嫌いか？」

「いや」

嫌いというより、釣りは道楽ではなく、旅先で食いものを得るため、どうしてもやらざるを得ないことだった。そのため、懐中にはつねに、釣り針と糸を持ち歩いている。

「では、参ろう」

「いい釣り場があるので？」

「むろん。ここらは川の氾濫《はんらん》でできた池がそこらじゅうにあって、鯉やフナなど食い飽きているくらいだ」

「なるほど」

そういえば、昨日は大きな鯉の切り身が晩飯で供された。

「ウナギはお嫌いか？」

「いや、大好きです」

しかも、ウナギは精がつく。旅の武芸者には最高の食い物である。

代官所を出て東のほうに向かった。後藤は釣り竿や網を自分で担いでいる。いちいち家来などを連れて出たりはしないのだ。

もともとここらの地侍で、いまは二人の旗本のおよそ六千石分の領地を預かっているらしい。代官というと、百姓苛《いじ》めみたいなことを思い浮かべるが、後藤が百姓に嫌われているようすはない。しょせん代官もいろいろなのだろう。

細長い池があり、そこの狭くなったあたりに腰をかけ、仕掛けをつくった。持って来た釣り竿は、竜之進に退屈しないよう鯉でも釣らせるつもりだったらしい。

「おっ、いたいた」

さっそくウナギがかかった。

「太いですな」

竜之進は目を瞠った。丸々と太り、長さも四尺（約一二〇センチ）ほどある。

これは食いごたえがあるだろう。

「このあたりの川や沼は肥沃《ひよく》でな、鯉だのウナギだのがやたらと大きくなる」

「へえ」

「ほら、また、かかった」

今度のも同じくらい大きかった。

三匹目のウナギが釣れたころである。

池の反対側の縁に、一人の女が立った。きれいな女である。

池の表面をじいっと見つめている。なにかに話しかけているふうにも見える。

葦が茂っているので、向こうはこちらに気づいていないらしい。

「昨夜、話に出たお静《しず》だ。どうだ。美人だろう」

後藤が小声で言った。

確かに美人である。岡田屋があの岡田屋なら兄の顔は知っているが、妹がこんな美人だったとは驚きである。

「そういえば、静御前の生まれ変わりとか言ってましたな?」

「さよう」

「なんでまた静御前なので?」

静御前は、義経《よしつね》の愛人だろう。京や鎌倉《かまくら》なら生まれ変わりもわかるが、こんな鄙《ひな》びた田舎町と静御前の取り合わせは妙である。

「静御前は、ここ栗橋の宿で死んだのだ」

「本当ですか？」

どこか、別のところでも聞いた気がする。あれは淡路島《あわじしま》に渡ったときではないか。いや、越後《えちご》でもそんな話を聞いた。静御前の墓はいろんなところにあるのか。もしかしたら、その美貌を慕って、ほうぼうに分骨がおこなわれたか、あるいは美人の行き倒れは、皆、静御前にしていることも考えられる。

が、地元の自慢になっているらしいので、そういうことは言えない。

「関所の近くに高柳寺《こうりゅうじ》という寺があって、そこに墓も建っているから嘘ではない」

「ははあ」

墓があるから嘘ではない、というのは、理屈が通っていない気がする。

墓なんか、義経のだろうが、弁慶のだろうが、いくらでも建てられるのではないか。死んだ人だから、文句も言えないし。

竜之進はこう見えて、意外に理屈屋なのだ。

「望月どのも高柳寺に参るか？」

「いや。別に、わたしごときが参っても、御前は喜びもしないでしょう」

と、竜之進は苦笑した。

「また、名前もお静というから、いかにもだろう」

「そうですね」

「当人もそのつもりだし」

「生まれ変わりだと？」

「子どものころに、教えられもしないのに、舞い踊ったそうだ」

「ははあ」

「扇の使い方なども見事だったらしい」

「だが、もう若くはないのでは？」

美人ではあるが、遠目でも若い娘の潑溂《はつらつ》さは感じられない。

「三十になった」

「独り身？」

つい、訊いてしまう。別に下心もないのだが。

「いまはな。十数年前に、嫁に行ったのだが、去年くらいに離縁でもしたのか、出もどって来た」

「ははあ」

「わしは、遊びに来いと誘っているのだが、けっこう身持ちがいいみたいで、まったく来やしない」

やはり、それなりにちょっかいを出したい気持ちはあるらしい。

「お代官などは、無理やり召し出したりするのでは？」

「そういうやつもいるかもしれぬが、やはり武士は、それをやっちゃあ駄目だろう」

「ですよね」

と、竜之進はうなずいた。このお代官も、根はお人好しなのだ。

そっと見ていると、お静は池の縁にしゃがみ込み、ぶつぶつ独りごとを言ったあと、池に手を合わせた。このまま飛び込んでも不思議はない雰囲気がある。おそらくこの池は、女が立てないくらいの深さはある。

お静はしばらくして、力なく立ち上がると、宿場のほうに歩いて行った。

「大丈夫ですかね？」

と、竜之進は後藤に言った。

「うむ。なにか悩みでもあるみたいだな。わしもあんなようすは初めて見た」

「お代官は、娘の悩みは解決してやらないのですか？」

「わしなどが訊いても答えるわけがないだろう」

それはそうかもしれない。

「では、お静の父親にでも訊けばよいのでは？」

「あれの父母は、嫁に行っているあいだに亡くなってしまった。いま、旅籠は、お静の兄がやっている」

「では、兄に。代官だからお役目なのでは？」

「役目は関係ない。わしは宿場役人ではないからな」

「それでも、近隣の揉めごとには」

竜之進がそう言うと、後藤は人の好さそうな顔で、

「わかった。では、ちと行って来ようか」

竜之進も行きたいが、そこは旅人ゆえ、出しゃばることはできない。

三

晩飯どき——。

飯のおかずは、もちろんウナギである。

料理をするところは見ていないが、五寸（約一五センチ）ほどの長さにぶつ切りにしたものを開いて、骨などを取り、塩をまぶして焼いたらしい。

「うまいですな」

と、竜之進は言った。

「だろう。これは、醬油で煮てもうまい」

「ほう」

だが、超弦坊は箸をつけない。

「食べないのか、超弦坊？」

後藤が訊いた。せっかく釣って来たのに、と言いたげである。

「ええ。わしは、ウナギは食べません」

「なぜ？」

「毒がありますぞ」

「それは血にあるのだ。ちゃんと血抜きをしているから大丈夫だ」

と、後藤は言った。ウナギの血に毒があるなど、竜之進は知らなかった。いつも適当に焼いて食っていたが、とくに腹痛を起こした覚えもない。

「山伏などは、ちょっとくらい毒を食らっても平気なのかと思っていたがな」

後藤は別に皮肉っぽくもなく言った。

「そういう者もいるでしょうが、わしは……」

「どうした？」

「好きで修行しているわけではないので」

最後のほうは、ごにょごにょとよく聞き取れなかった。

「それより、後藤さま、あっちの話はどうでした？」

と、竜之進が訊いた。

さっき後藤がもどったとき、竜之進は薪《まき》割りを手伝っていて、訊くことができなかったのだ。

「む。お静は出て来なかったが、兄の弥右衛門に訊いてみた。お静は十三年ほど前に、江戸の商人に見初められて嫁に行ったそうだ。だが、去年、離縁したとかで、ここにもどって来た」

「離縁のわけは？」

「それはわからんらしい。どんな美人でも十年もすれば飽きられるのだろうと、弥右衛門は言っていたがな」

「なるほど」

「それで、お静はいま、なにか悩みでもあるのではないかと訊いてみた」

「なんと？」

「そんなものはないでしょうと」

「ふうむ」

「わしもちと大げさに、池に飛び込みたそうにしていたぞ、などと言ってみた」

「うまいですね」

「だが、そんなことはないの一点張りだ」

「当人には会わなかったので？」

「うむ。わしも会わせろと言ったのだが、当人は人に会いたがらないらしい。弥右衛門も迷惑そうにしていたから、わしもそれ以上、無理を言うのはやめた」

「そうですね」

「だが、あの旅籠はかなり怪しいな」

後藤はムッとしたように言った。

「怪しい？」

十年前に泊まったときは、そんなことは思わなかった。

「さよう。夕方、そこらじゅうから女が集まって来た。あれは、春をひさいでいる連中だろう。まったく旅籠というより女郎《じょろう》屋だな」

「ははあ」

だが、そういう旅籠は多いのだ。

「しかも、こそこそしていたが、あそこは賭場も開いているな」

「そうですか」

「お静もあの器量だ、面倒ごとに巻き込まれないといいがな」

後藤はそう言った。

超弦坊は、黙ったまま、何匹目かのイワナを食べては白湯をすすっていた。


翌朝——。

竜之進は飯を済ませると、一人で沼地にやって来た。

池だらけだが、後藤とウナギ釣りに来た池は覚えている。

あのときお静は、なにかに話しかけているように見えた。あれは、じっさい話しかけていたのではないか。

池の周囲をゆっくり回ってみた。

昨日、お静がいたところと反対側の縁は細い道になっていて、そこはもう一つ別の池の縁にもなっていた。こっちの池は丸く、ハスが繁茂していた。この池の向こうは土手で、さらに向こうは利根川になっているらしい。

川のほうに行ってみようとしたとき、目の前に巨大な生き物がいた。ちょっと見には大きな石かと思った。石ではなかった。石は動かない。

——なんだ？

背筋がざわざわした。以前、虎と戦ったときのことを思い出した。

「嘘だろう」

と、思わず口に出して言った。

見た目は亀である。

だが、亀がこんなに大きくなるものだろうか。甲羅《こうら》の大きさだけで半間（約九〇センチ）以上あり、そこから大きな頭や足が出ている。

いや、海亀はかなり大きくなると聞いている。だが、ここは海からは相当離れており、遠いところである。

——まさか、飛びかかってきたりはしないだろうな。

竜之進は、一歩下がって刀に手をかけた。

だが、この亀も、よく見かける亀のように、ゆったりした動きだった。

それから竜之進は代官所にもどり、執務の部屋でそろばんを弾《はじ》いていた後藤に、

「ちとよろしいですか？」

と、声をかけた。

「どうなさった？」

「巨大な亀を見ました」

「亀を？　どこで？」

「昨日、ウナギを釣った池の、もう一つ先の池で」

後藤は一瞬、間を置いて、

「そうか、望月どのも見たのか」

と、言った。

「あの手の亀は、このあたりにはいるのですか？」

「いや、そうそういるわけではない。たぶん一頭だけだろう」

「後藤さまは？」

「わしは見たことはない。噂はあった。ただ、ここらは池がいっぱいあって、どの池にいるのか話がまちまちで、嘘ではないかという者も出てきていた」

「いや、嘘ではないですな」

「だが、無事でよかった」

「無事で？　害をなすのですか？」

「死んだ者もいる」

「婆さんだが、道端で倒れていた。足元には亀の足跡があった」

「ははあ」

それは亀がやったのではなく、見て腰を抜かし、心《しん》ノ臓《ぞう》も止まったのではないか。あんな亀を見たら、誰だって驚愕する。

「目を疑いますぞ」

と、竜之進は言った。

「どれくらい？」

「これくらい……」

竜之進は、両手をいっぱいに広げた。

じっさい、頭や足まで入れると、それくらいだった気がしてくる。尻尾があったかどうかは思い出せない。

――あれは本当に亀だったのか？

例えばイノシシのような、なにか別の生き物が、水を浴びて亀に見えただけではないのか。

「ほんとか」

後藤は口をあんぐり開けている。

竜之進も半信半疑になってきた。

「いやいや、もう一度、見てからにしましょう。ちと、自分でも信じられなくなってきましたので」

四

その晩――。

宿の〈岡田屋〉に、江戸の講釈師が来ているというので、後藤に誘われて聞きに行くことにした。超弦坊もいっしょである。

「田舎は楽しみが少なくてな」

後藤は歩きながら言った。

「そうでしょうか」

野山を散策したり、川や池で釣りをしたり、しかも釣った魚は食べてもうまいのである。この数日、竜之進は十分楽しんでいる。

ただ、釣りなどは江戸にいてもできるのである。江戸の川はどこへ行っても釣り人だらけである。

やはり人は、人臭いできごとがないと退屈してしまうのかもしれない。

岡田屋に入るとすぐ、

――やっぱりここか。

と、竜之進は思い出した。

十年前、竜之進はここで奇妙な老人と出会ったのである。老人はおそらく、伝説の宮大工の左甚五郎だった。

部屋もいっしょではないか。懐かしい場所だった。

二階の二間を開け放して、講釈の会場にしてあった。泊まり客のほか、ここらの百姓まで、四十人ほどが入っている。

現われたのは、髭《ひげ》を生やした、まだ若そうな講釈師である。最初に、笑える落とし話をした。

饅頭が怖いという男に、無理やり饅頭を食わせたら、震えたり、めまいを起こしたりしながら、どうにか食べ終えた。もう一つ食わせてみると、これもどうにか食べきったではないか。やっと嘘をつかれたことに気づき、ほんとに怖いものを訊ねると、「そろそろ酒が怖くなってきた」と言うのである。

そのあと、唐土《もろこし》の戦の話が始まった。関羽《かんう》とかいう人物が出てきて、これは長くなるらしいと思えたとき、外で騒ぎが起きた。

「ここに治五郎《じごろう》ってやつを隠してるだろう？」

そんな声がした。

「いいえ、いませんな」

返事をしたのはあるじだろう。

「嘘をつけ！」

二階の窓から下を見ると、派手ななりをした男が、あるじに文句を言っていた。この男の背後には、竹槍などを持った男たちが二十人ほどいる。男の子分なのだろう。

どうやら、いかさま博打をして、逃げたやつでも追いかけているらしい。

「面倒なやつが来たな」

と、後藤が言った。

「どういうやつです？」

「鬼竜院伝兵衛《きりゅういんでんべえ》といって、町奴《まちやっこ》くずれだ。ここらの街道で力を持ちつつあるろくでもないやつだ」

「どんな悪事を？」

「なんだってやるさ。いちばんの稼ぎは博打だろうが、人だってずいぶん殺しているはずだ」

「そんなやつを、なぜ放っておくんです？」

竜之進は訊いた。

「頭のいいやつで、川向こうは野州《やしゅう》や常州だ。武州で悪事を働いては、野州や常州に逃げる。野州で悪事を働き、この武州や常州に逃げるときもある。そうなると、役人も追いかけようがない」

「なるほど」

「また、ここらは国境がいくつもあってな」

後に、こうした悪事に対応するため、八州廻《はっしゅうまわ》りという役職がつくられるが、このころはまだない。

下の騒ぎはひどくなっている。

鬼竜院は、あるじを押しのけ、

「家探しさせてもらうぜ」

と、なかに乗り込んで来た。

二十人もの荒くれたちが、いっせいに旅籠のなかを調べ出した。

講釈の途中だった部屋にも、どかどかと入り込んで来た。

「望月どの」

後藤が刀に手をかけた。

「おまかせを」

竜之進はそう言って、男たちの前に立ちはだかった。

「どけ、浪人」

「無礼だな」

刀は抜かない。押しのけて入って来ようとした三人の男たちの腕を、手刀ですばやく叩いた。無防備で入って来たところに、突然、激しい痛みを覚えて、男たちはうずくまった。

「な、なにしやがる」

「お前たちこそ、なんだ」

と、竜之進は言った。

そのとき、

「親分。たいした別嬪《べっぴん》がいましたぜ」

と、隣の部屋から引っ張り出された女がいた。

お静だった。どうやら、隣の部屋でそっと講釈に耳を傾けていたのではないか。

「ほう」

鬼竜院の目が、嬉しそうに光った。

「どこの女だな？」

「うちの妹だよ」

と、わきからあるじの弥右衛門が言った。

「そうなのか」

鬼竜院の視線が、お静にからみついていく。

このまま攫《さら》って行きかねない雰囲気である。

だが、階下から声がした。

「親分。見つけました。この野郎、竈《かまど》に隠れていましたぜ」

「わかった。いま、下りる」

そう返事をしたあと、鬼竜院は、

「一目で惚れたぜ」

と、お静に言った。

「さっさと帰ってくれ」

弥右衛門が言った。

「なんだと」

鬼竜院伝兵衛は、弥右衛門を睨みつけた。

「用は済んだだろうが」

「用ってのは、次々にできるんだ。また来るぜ」

鬼竜院伝兵衛はしつこそうである。

五

三日ほどして――。
竜之進はたまたま岡田屋の前を通りかかった。

すると、人だかりになっている。しかも、ここは本陣でもないのに、武士が何人か来ている気配である。

背伸びしてのぞいてみると、下の部屋に鬼竜院伝兵衛の顔が見えた。

近所の者らしき男に、

「どうしたんだ？」

と、訊いてみた。

「いえね、いま、道中奉行の使いというお侍が来てるんですよ」

「道中奉行の使い？」

「どうも、この宿に三十両の課徴金がかけられたみたいです」

「そりゃあ大金だな」

だが、いっしょに鬼竜院伝兵衛も来ているところを見ると、役人たちとつるんでいるのも明らかだった。

「三十両だなんて、そんな金があるわけねえ」

と、弥右衛門は顔を真っ赤にして言った。

「では、きさまはお縄にかけ、旅籠を取り上げることになる」

道中奉行の使いは、にたにた笑いながら言った。

「そんな」

「この旅籠でやっていることは、すべてお見通しなんだ。夜は女郎屋にもなるし、賭場も開かれる」

そんなことは、誰でもお見通しなのだ。要は、目こぼしする気がなくなったということなのだ。

すると、鬼竜院が割って入った。

「三十両は、おれが立て替えようか？」

「え？」

「旅籠はそのままつづければいい。毎年、三両ずつ返してくれたらな」

「三両」

弥右衛門は考えている。それくらいならなんとかなるのだ。

「利子は？」

弥右衛門は鬼竜院に訊いた。

「妹だ」

「お静を」

これで鬼竜院の目的は達成されるだろう。

そのときである。この騒ぎに、いつの間にか野次馬が大勢、集まって来ていたのだが、そのなかから超弦坊が姿を見せ、

「妹をその者にやってはいかんぞ」

と、言ったのである。

これには竜之進も驚いた。まさか超弦坊がからむとは思わなかった。

「なんだと？」

鬼竜院が超弦坊を見た。

「この宿場には、亀の化け物が出没するのだ。あの化け物には、器量のいい人身《ひとみ》御供《ごくう》を出さないと、やがて村や宿場は壊滅させられるぞ」

超弦坊がそう言うと、

「やっぱりそうか」

「あの亀は神さまなんだよな」

周りにいた野次馬たちも騒ぎ出した。皆、巨大な亀のことは知っているのだ。

ざわついていると、

「いまの話は、ほんとよ」

お静が二階から下りて来て言った。

鬼竜院は目を瞠った。

「あたしも言われたの、亀神さまに。おれの嫁になれって」

お静の言葉は、この場にいる者にさらに衝撃を与えた。

「人身御供だ」

「可哀想にな」

「鬼竜院も神さまには譲るだろう」

竜之進の後ろからはそんな声も聞こえてきた。

「なんだ、亀の化け物とは？」

と、道中奉行の使いは、誰にともなく訊いた。

「いや、そういう噂はあっしも聞きました」

鬼竜院がそう言って、道中奉行の使いと顔を見合わせ、どうしようかと考えているふうだったが、

「ちと、考えてみますか」

と、いったんは引き下がる気配だった。あんなやくざでも、化け物は怖いらしい。

「お静」

竜之進には思いがけない事態だったが、しかしなにか腑《ふ》に落ちないところもある。

代官所にもどってしばらくしてからである。

宿場からぞろぞろと、大勢の男たちがやって来た。そこには、岡田屋のあるじの弥右衛門もいれば、博打にうつつを抜かしていそうな連中もいた。

男たちは、代官の後藤に挨拶し、それから思いがけないことを言い出した。

「どうか、亀の化け物を、こちらにおられるお侍に退治していただけないでしょうか？」

というのである。

とくに弥右衛門がすがるような目で竜之進を見ている。三兄弟の騒ぎを解決したことも見ているので、竜之進の腕を当てにしたのだろう。

「望月どの。この者たちが、こんなことを申しておるのだが」

後藤は困った顔で竜之進を見た。

竜之進はしばらく考え、

「仕方ないな」

と、言った。

囲炉裏の前にいた超弦坊がびっくりして、竜之進を見た。

こうして望月竜之進は、あの亀と戦う羽目になったのだった――。

六

望月竜之進は、亀と戦ったあと、しばらく葦の枯れ枝のなかに倒れ込んでいた。

空の月がきれいだった。

竜之進の姓が望月である。そのため、満ちた月を見るのは、若いときからの習慣でもあった。

やがて、ゆっくりと立ち上がった。

「おおい、望月どの。どうなさった?」

後藤が呼んでいる。

呼ぶばかりで、駆け寄って来る者はいない。皆、怖いのだ。

「いやあ、ひどい目に遭った」

声を出すと、

「お、無事だったか」

と、後藤の安心した声がした。

竜之進は、疲労困憊《こんぱい》した足取りで、土手の上にもどった。

「強いのか？」

「強いなんてものではありません。これを見てください」

竜之進は刀を松明の明かりにかざすようにした。

「嘘だろう」

刃がぼろぼろになっている。

「甲羅か？」

「ええ。刀はまったく役に立ちません」

「凄いな」

「まさしく神ですな。いったい、誰を懲らしめに現われたのか」

竜之進はそう言って、お静の兄の弥右衛門や、賭場の常連らしき連中を見た。

「おい、超弦坊さんよ」

代官所にもどると、竜之進は超弦坊の肩に手を回し、小声で話しかけた。

「な、なんだ？」

「わたしには真実を明かしてもらいたいな」

「なにがだ？」

「お静さんと約束でもしていたのか？」

「え」

超弦坊の目が泳いだ。

「示し合わせているんだろう、亀のことは？」

「……………」

「言えば、悪いようにはしないぞ」

「なぜ、わかった？」

「お静が自分から人身御供を言い出すのは変だろう。芝居だとすると、そういう筋書きを考えそうなのは、あんただなと思ったのさ」

「鋭いもんだな」

超弦坊は感心したように竜之進を見た。

と、竜之進は訊いた。

「ここに来てから口説いたのか？」

「違う。あれは、昔からのなじみなんだ。おれはここで、久しぶりに巡り合ったんだ」

「なじみ？」

「お静は吉原《よしわら》にいたのだ」

どうも妙な話になってきた。

「江戸の商人と夫婦《めおと》になったのではないのか？」

と、竜之進は訊いた。

「お静が、十七で江戸の商人に嫁いだのは本当だ。だが、羽振りがよさそうだった商人は、じつは口だけで、まもなく店はつぶれ、お静は借金の形に吉原へ売り飛ばされてしまったのだ」

「ははあ」

超弦坊はそこでお静となじみになったらしい。あれだけの器量だったら、かなりの売れっ子になっているだろう。

「十年が経ち、お静は年季が明け、栗橋にもどったのだが、あのろくでもない兄は、ここでもお静に客を取らせるつもりなのだ」

「また、お女郎暮らしか」

「お静は過去を忘れたい。だが、周囲が忘れさせてくれない。おれは可哀想なお静を連れて逃げようかと思っている」

「それで、亀の化け物の人身御供という芝居を思いついたわけか。亀に食われていなくなったことにすれば、探す者もいないしな」

人身御供の話は二人の芝居だとまでは察しがついたが、その理由がわからなかった。

「あんたはそこまでわかって、亀と戦ったのか？」

「なんかあると思ったのでな。だから亀に負けたふりをしたのさ」

「ほんとに負けたんじゃないのか？」

超弦坊は目を丸くして訊いた。

「わざとに決まっているだろうよ」

「わざと？」

「あそこで、わたしが亀を退治してしまったら、あんたたちも困っただろう」

「そりゃあそうだが、刀がぼろぼろに」

「あれは隠し持っていた石で、刃を叩いたのだ」

「そうなのか」

「四十過ぎても、亀には負けぬ」

と、竜之進は笑った。

「あんた、変わってるよな」

超弦坊は言った。

「なにが？」

「旅の武芸者なら、強さを売り物にするのが当然だろうが。亀の化け物を退治したとなれば、ここらじゃ評判になるぞ」

「いや、わたしは亀退治などで名を知られたくないな」

いかにも胡散臭《うさん》いではないか。三社流は、そうした剣術につきまとう胡散臭さを排除しようという剣法なのだ。このうえなく正直で、謙虚な剣法なのだ。

「そうなのか」

「それに、この前、あの亀を見かけたが、身体こそ大きいが、ゆったりとして、かわいいものだったぞ」

「うん、かわいいらしいな」

「かわいいらしい？」

「あれは、お静が飼っていた亀なんだ」

「そうなのか」

これには竜之進が驚いた。

「じつは、吉原の暮らしは厳しく、お静は一度、逃げ出して、この近くまで逃げて来たことがあったんだ。結局、追いかけて来た女衒《ぜげん》に引き戻されたんだが、そのとき、吉原から持って来たあの亀を、お前はここでのびのびと生きていくんだよと、放したんだそうだ」

「だが、あんなに大きくなるか？」

「あの亀は、長崎の異人から伝わった異国種で、日本の亀ではあり得ないほど、巨大になるらしい」

「そうだったのか」

だから、あのときお静は、池に向かって話しかけたりしていたのだ。昔飼っていた亀に呼びかけていたのだ。

「ところで、人身御供の芝居だけで逃げ切れると思うか？」

竜之進は超弦坊に訊いた。

「あんたが負けたくらいだと皆は思っているからな」

「いやあ、鬼竜院はそんなに甘くないな」

あのしつこさは、亀の化け物を上回る気がする。その場では信じてもあとで考えて、やっぱりあれは変だということになる。

「では、どうしたらいい？」

竜之進はにやりと笑って言った。

「もっと大げさな芝居で、あいつをぶちのめす。亀とはもう関わりたくないというくらいにな」


数日後――。

人身御供として亀の化け物にお静を捧げる儀式がおこなわれようとしていた。

そこには、お静ばかりか、兄の弥右衛門や、鬼竜院伝兵衛と子分の二十人ほどが集まっていた。伝兵衛は、理解の範囲を超えるできごとについては、三角にしたサイコロほどにも頭が回らなくなるらしい。

「お静が生贄《いけにえ》に……」

と、つぶやいたきり、子分たちといっしょに呆然と見物にやって来た。三国を股にかけてきた悪党にしては、いささか普通過ぎる反応だった。

場所は、この前、お静が佇《たたず》んでいた池のあたり。

明かりを点《とも》してはいけないというので、池に落ちたりしないよう、見物人も動き回ることは禁じられた。月は雲にさえぎられ、頼りない明るさ。夕暮れのうちにここまで来ていた人たちも、陽が落ちたいまは、儀式が終わるまでじっとしているしかない。

なにかが起きる気配は漂っている。

白い着物を着たお静は、目隠しをされ、池の縁に立っている。

亀の化け物は、突如、水面に現われ、お静を咥《くわ》えたまま、池の底へと引きずり込むのだろうか。

緊張に耐えられなくなってきたころ、

「亀神さまのお成りだ！」

超弦坊が叫んだ。

そのとき、見物人たちの真横に、巨大な亀が出現した。

「うわっ」

「げげっ」

一同は度肝を抜かれた。

真っ暗な葦の林から現われたのは、両手を広げたなんていうものではない、家一軒分ほどもある亀だった。

「亀神さまは怒りで大きくなっておられるぞ！」

超弦坊は自ら逃げながら叫んだ。

「に、逃げるぞ」

鬼竜院も子分を押しのけて逃げ始めた。

だが、暗くて手探りでしか進めない。

「あ、亀神さまのお使いが現われた！」

超弦坊の声に、皆は思わず振り向いた。

亀の背中から、白い着物の男が現われた。これはもちろん亀神の使いに化けた竜之進である。

亀神の使いは地面に降り立つと、逃げる連中に向かって木刀を振り下ろしていく。

頭は狙わない。いずれも手足を叩いていく。

ぼこぼこっ。

という音を聞いても、皆、骨くらいは折られているに違いない。

痛みのあまり池に落ち、慌てて這い上がろうとする者もいる。

亀神の使いは、鬼竜院伝兵衛に追いつくと、

「きさまが悪党の頭だな」

と、訊いた。

「わしは違う。ただの三下やくざだ」

この言い逃れには思わず噴き出しそうになったが、念入りに木刀を振るうことにした。

あばらに一撃、右腕に一撃、そして左の腿にも。いずれも骨の折れる音を確かめた。これくらい叩いておけば、骨がくっついたあとも、元のように肩で風を切って歩くなどということはできそうになかった。

「亀神は怒ったからな！」

亀神の使いがそう言ったとき、巨大な甲羅が燃え始めた。

大きな、天をも焦がすほどの炎だった。

ぱちぱちと葦の枯れ枝の束が燃えるような音を立てていたが、もはやそんなことを疑う者は誰もいなかった。

七

「では、達者で暮らせよ」

竜之進は、舟のなかの超弦坊とお静に言った。

朝靄《あさもや》のなか、小舟がこれから利根川を下って行こうとしていた。竜之進は、代官の後藤といっしょに、二人を見送りに来ていた。

「望月さんには世話になった」

超弦坊は頭を下げて言った。

「なあに」

「浅草に来たら、〈東海屋《とうかい》〉という仏具屋を訪ねてくれ」

「そこはなんだ?」

「おれの実家なんだ。おやじに詫びて、そこに戻るつもりだ。もともと跡取り息子で、あんまり遊びが過ぎて、修行して来いとおん出されていたんだ」

「そうだったのか」

舟が漕ぎ出された。

「あ」

お静が岸からちょっと離れたあたりを指差した。

なんと、あの亀がいた。

「見送ってくれるの」

お静は目頭を押さえた。

「ちょっと待て」

竜之進が声をかけた。

「なんでしょう?」

「その亀は、もともと海亀なんだろう。だったら、海まで連れて行ったほうがよさそうだぞ。鬼竜院伝兵衛に見られないようにな」

「ほんとですね。そうします」

皆で手伝って、亀を舟に乗せ、今度こそ手を振って、二人に別れを告げた。

舟が遠ざかると、

「いやあ、見事なものだったな」

と、代官の後藤五郎太が言った。

「いえ。お代官の助けがあったからです」

代官所が総出で、あの巨大な甲羅をつくるのを手伝ってくれたのである。

あれをつくることを思いついたのは、もちろん左甚五郎を思い出したからだった。

「今回の狂言は、超弦坊が義経役だったのか」

と、後藤は言った。

「そういえば、義経も山伏のふりをしたことがあるらしいですな」

「ああ、あったな」

「とすれば、似合いの男女だったのかも」

「そうか。だとすると、望月どの。そなたの役割は弁慶だな」

「わたしが弁慶ですか」

「安宅《あたか》に当てはめたらそうだろう」

「安宅？」

「お能だよ、あの亀の甲羅からのっそり現われたところなどは、まさに武蔵坊弁慶だったぞ」

後藤は嬉しそうに笑ったが、

「いや、待て。そうだとすると、わしは安宅の関守の富樫《とがし》になってしまうな。ううむ、それは嫌だな。といって、弁慶ほどには活躍はしておらぬし」

後藤がぶつぶつ言い出したのを尻目に、望月竜之進は利根川のほうに向かって歩き出した。

しばらく、奥州《おうしゅう》を回るつもりだった。

第四話　東照宮の象

一

道端に腰を下ろした望月竜之進の前には、

「三社流剣術の指南いたします」

と、書かれたぼろぼろの小さな旗が立っている。こうやって、自ら編み出した剣術を広めるため、各地を回っているのだ。

ほかに、「他流試合に応じます」という旗もあるが、こちらはよほど路銀《ろぎん》に窮《きゅう》したときでないと使わない。

ここは、日光東照宮《にっこうとうしょうぐう》のすぐ近く、参道からはちょっと外れた、川沿いの道端である。さすがに東照宮の参道はまずい。こつじき並みの扱いを受けて、追い出されてしまう。

この道も適当に人通りはあるが、誰も声をかけてこない。もう三日経つが、一人もいない。参拝客のなかには、「どれどれ、型のひとつも教わってみるか」というお調子者が必ずいるのだが、どうも勘が外れたらしい。

ただ、さっきから小娘が一人、ニヤニヤしてこっちを見ている。小僧なら声をかけて剣術を習いたいのか訊ねるが、女の子である。無視していると、向こうから、

「おじさん。ここでは誰も剣術なんか習いたがらないよ」

と、声をかけてきた。同時にこっちに歩いて来て、膝を抱え、前に座った。歳のころは十二、三といったところか。悪戯《いたずら》っぽい表情には、賢さも窺える。

「そんなに平和なのか？」

と、竜之進は訊いた。

「逆だよ。物騒《ぶっそう》なんだ。なまじそんなものを学ぶと、生意気だってんで、目をつけられるんだよ」

「誰に？」

「やくざだよ。まむしの三兄弟って言うんだ。一人は江戸にいるらしいんだけど、

ここでは赤まむしの念次《ねんじ》ってのと、黒まむしの豪三《ごうぞう》ってのが威張ってる。そいつらが、誰か剣術なんか習おうものなら、そんなもの習ってどうするんだって、いちゃもんをつけてくるんだよ」

「ほう。だが、侍の子どもだって習いたいのはいるだろう」

「侍なんか駄目だよ。まむしの兄弟に勝てないんだから。それくらい強いんだ。あいつらには熊だって勝てないよ。お侍さんも無駄なことはやめたほうがいい。そのうち、まむしの兄弟にいちゃもんつけられるよ」

「そうか」

言われてみれば覚えがある。昨日の昼ごろ、ここを巨大な体軀《たいく》の、着流しで一本差しの男が通り過ぎた際、ニヤリと笑い、

「お侍。くだらねえことはよしたほうがいい」

と、言い捨てて行った。いきり立って脅すというふうではなかったが、軽い恫喝《どうかつ》という感じで、やくざなりのある種の風格みたいなものはあった。あれが、赤まむしか黒まむしのどっちかだったのだろう。

こうした有名な神社仏閣があって、物見遊山の客が多い町では、やくざが町を仕切っているというのは、よくあることである。しかもやくざが、神社仏閣の中

枢と結びついていたりする。神仏は、意外と悪にも寛大なのだ。

「そうか。では、ここらは駄目か」

「うん、駄目だよ」

まむしの兄弟たちを相手にことを荒立て、なんとしてもここに道場を立てようというつもりもない。

「じゃあ、陽明門《ようめい》でも拝んで、立ち去るとするか」

立ち上がって、袴の汚れを払った。

凄まじい埃《ほこり》が立ち、小娘は呆れながら顔をそむけた。

「陽明門はまだ見てなかったんだ」

「ああ、凄いんだろう？」

「彫刻の数はね。でも、できはたいしたことないって、仏師のあんちゃんが言ってた。いいのはなかのほうにあるけど、そっちには行けないよ」

「左甚五郎が彫った眠り猫があるんだろう？」

「そこには行けないよ。残念だね」

小娘は同情するように言った。

望月竜之進は表門をくぐると、真っ先に陽明門を見に行った。

下から見上げ、

「はあ」

と、ため息をついた。よくもこのような賑やかなものをつくったものである。

茶の湯の侘《わ》び寂《さ》びとは正反対の建物だろう。

極彩色に塗られた竜だの虎だの麒麟《きりん》だの仙人だの唐土の詩人だの天女だのが、門全体をごてごてと飾り立てている。貧よりは富、質よりも数、品格より迫力、謙遜より恫喝、静謐《せいひつ》より喧騒《けんそう》の、恥じ入る気持ちなど毛ほどもなく、あけすけで、誰がなにを言おうがという確固たる世界観を打ち立てている。

一日見ていても飽きないので、〈日暮《ひぐらし》の門〉と言われるらしいから、最初は一つずつ見ていたのだが、すぐに飽きてきた。よく見ると、あの小娘が言ったとおりで、どれもさほどいいものではないような気がしてきた。

あの一つを取って、そこらに置いたなら、まだ駆け出しの職人が彫ったようなものに過ぎないと見えるのではないか。これだけの数の彫物をすべて名人の作で揃《そろ》えろというのは無理かもしれないが、であれば、こんなに仰々《ぎょうぎょう》しくしなくてもよさそうなものである。

「もう、いいか」

これも話のタネだろう。

陽明門に背を向け、さらに下にある小ぶりの建物のところに来た。

すると、大工か職人かそのような若者たちが四人で来て、

「どれだ、象は？」

「その朝鮮鐘《がね》の鐘舎《しょうしゃ》の上だ」

「あ、ほんとだ、象だ」

などと話した。

竜之進もつられて、若者たちが見ているものに目をやった。小さな鐘舎の屋根の四方に張り出すように、奇妙な生きものが彫られている。耳が大きく、牙がある。こんな生きものは見たことがない。

象というのはこの国にはいない、伝説の巨獣ではないか。竜や麒麟や白虎と同じ類いの神獣。

「うん。おれたちのもよくできてるだろう」

「そうだな、大丈夫だ」

「象に見えなかったら、意味が通じないからな」

「そっちの上神庫《かみじんこ》の屋根のところにもあるぞ」

「うん。見て行こう」

若者たちは急いで階段を降りて行った。

竜之進もなにごとかと後をついて行く。

「そこだ。屋根の下にある」

「うむ。大丈夫だな」

「おい、向こうを見ろ。あいつが出て来たぞ」

「ほんとだ。よし、帰るぞ」

なにが起きたのか、四人は急に慌てたようにいなくなった。

竜之進は、上神庫の屋根の下を見た。そこにも象があった。

いまの話からだと、あの若者たちは象を彫り、かたちがちゃんと象になっているか、確かめようとしたらしい。それにしては、なんだかひどく切羽詰まったように見えたのはなぜなのか。

ふと、境内にざわめきが起きた。

「願迅《がんじん》和尚さまだ」

右手のほうから、派手な法衣をまとった坊さんが現われた。さっき、若者たち

が「あいつが出て来た」と言ったのは、あの坊さんのことではないのか。だが、

「法話が聞けるぞ」

「ありがたいお話だ」

などという声がして、たちまち大勢の人が集まり始めた。人々の顔は輝き、尊敬の念に満ちているみたいである。やはり、さっきの「あいつ」とは、この坊さんのことではないのかもしれない。

あっという間に四十人、五十人と人垣がふくらんでいく。数人の弟子さえ集まらない竜之進からしたら、なんとも羨《うらや》ましい光景である。

竜之進も、つられるように人の輪のなかに入ってしまった。

「皆の衆よ……」

願迅和尚とやらは、威厳に満ちた面持ちで、周りを一通り眺めやった。すると人々は前から順にしゃがみ込んでいく。竜之進も、刀の鞘《さや》に気をつけながら、腰を下ろさざるを得ない。

それにしても派手な坊さんである。きらきらと光る法衣も凄いし、体格もいい。東照宮を拝んだあとでも見劣りしないのだから、たいしたものである。

「よいかな。人間にはできることと、できないことがある。それはわかるな。人

間に空を飛べ、と言ってもできるか？　鳥でもないのにできるわけがない。ところが、人間のなかにある欲望は、できもせぬことを夢見る。だが、それではいかんと言っているのじゃ」

低く、深みのある声だが、そのくせよく通るのである。

この声で、集まった人たちの気持ちをぐいっと捕まえた。

「人間というのは、うぬぼれる生きものだ。大工もそうだ。ちっとのこぎりで木をまっすぐ切れるようになると、おれは名人じゃないかなどと思ったりする。見てくれよ、おれの打った釘の、まっすぐ突き刺さっていること。よほどの腕にならないと、こうはいかないなどと自慢する。わしは、左甚五郎の腕をこの目で見た。木をまっすぐ切っているくらいでは、名人とは言えぬ。甚五郎はのこぎりで竜を切り出したぞ」

「ほう」

という声が上がった。

法話を聞いているのは、すでに二百人を超えているだろう。そのなかには、大工や左官などの職人らしき男たちも多い。

「それでも甚五郎は、わしに対し、自慢一つしなかった。たかが大工、天に命じられるまま、木を切っているだけでございます。そう申しておった。余計なことは考えないと。ただ、ひたすら、鑿《のみ》や鉋《かんな》やのこぎりを動かすだけでございますと。あの左甚五郎でさえな」

願迅の話に、

——そうだったかな？

と、竜之進は首をかしげた。

竜之進は、おそらく本物と思える左甚五郎と会ったことがあるが、そんなへりくだったような態度を取る人ではなかった。肩肘張ったり、説教臭かったりということもなかった。どこか茶目っけすら感じる、飄々とした老人だった。

「よいか。人間は猿だと思っていてよいのだぞ。せいぜい猿にちっと毛が生えた程度のものだと、自分に言い聞かすのじゃ。これを見よ」

願迅は後ろを振り向き、白馬のいる神厩舎《しんきゅうしゃ》の上に彫られた猿たちを指差した。

「左甚五郎が彫ったものだ」

と、願迅は言った。

——え？

竜之進は首をかしげた。

あれが左甚五郎の作とは思えない。

「甚五郎は、人生を喩《たと》えた。人の一生は猿のごとし。とくに大事な教えが、その三匹の猿たちだ」

人々はいっせいに、枠に囲まれた三匹の猿を見た。

「わかるな。見ざる、言わざる、聞かざる。ふつうは、見ざる、聞かざる、言わざる、の順で言われる。だが、ここでは、言わざるが真ん中にいる。なぜなら、言わないことがいちばん大事だからだ。人間は愚かだ。その愚かな人間が、余計なものを見て、余計なものを聞き、余計なことまで話していたら、人生は無茶苦茶になってしまう。もちろん、全《まっと》うすることもできぬ。これは、大切な教えだぞ」

願迅はそう言って、よく考えよと言うように、話に間を置いた。

だが、竜之進はそれは違うと思った。そもそも竜之進は、人間の力は果てがないと思っている。剣の技も同様で、

「いつか、月を斬れ」

と、教えている。斬れるはずのない月も、技と努力でいつかは斬れるようになるかもしれない。

見ざる、聞かざる、言わざる、なんてことはぜったい教えない。竜之進なら、こう教える。

よく見ろ。微《び》に入り、細を穿《うが》ち、じろじろと見ろ。

よく聞け。相手の動きは音まで捉えろ。後ろからも敵が迫っているかもしれない。だから、耳を澄ませ。

よく話せ。わかったことは人に話せ。話されて困るのはろくでもないことだ。だから、どんどん話せ。そのほうが正義の道だ……。

それに、別のところで聞いた話がある。

左甚五郎は、日光の三猿は彫っていない。甚五郎が別のところで彫ったのは、四猿だと。

すなわち、見ざる、聞かざる、言わざるのほかに、もう一つ、股を押さえた猿を彫った。それは、せざるという猿。女にちょっかいを出さない猿なのだと。

そして、この四猿の意味するところは、人生において見もしない、聞きもしない、なにも言わない、女に惚れもしない、それでは猿と変わらないではないか。人間なら、いろんなものを見て、聞いて、人に話して、恋をせよと、そういう教えが込められたらしい。

——それでこそ、左甚五郎。

竜之進は、その話も思い出してしまった。

そういう反感があったから、げっぷが出てしまったのかもしれない。

「げぇ〜っ」

静まり返っていたときである。急にげっぷが出たのだ。しかも、自分でも驚くほど大きな音だった。

——屁でなくてよかった。

と思ったのは竜之進だけで、願迅はすぐに仁王のような顔になり、

「誰だ、いまのは？」

音のしたほうを睨みつけた。

「あいすまぬ」

竜之進は正直に名乗り出て、詫びた。

「きさま。わしの説法の途中でげっぷをしおったな！」

凄まじい形相《ぎょうそう》である。

「いや、ついうっかり。さっき、空きっ腹に水を飲み過ぎて」

「やかましい、この馬鹿侍。きさまみたいなやつは、必ず地獄に落ちるぞ！　東

照宮さまが許すわけがないぞ。よく覚えておけ！」

願迅は頭から湯気が出るくらい激高《げきこう》した。

指を差されて叱責《しっせき》されては、ずっとそこにはいにくい。竜之進は、頭を掻きながら退散した。

二

そんなこんなで、竜之進は気が重い。この男にしてはめずらしく憂鬱《ゆううつ》そうな顔をしている。

――まったく、日光ではろくなことがなかったな。

ぼやきながら街道を歩いて来て、

「あれ？」

ふと、立ち止まった。

「一里塚が動いたぞ」

そうもつぶやいた。

日光東照宮を出て、今市《いまいち》の宿にかかる手前である。

行くときに一里塚のわきに座って握り飯を食べたので覚えている。だが、その場所はもっと今市寄りにあった。一町ほどこっちに動いて来ている。

誰かに訊ねようにも、周囲には人家もない。街道から逸《そ》れる道が、南のほうに延びているだけである。道のわきには植えたばかりらしい杉の木がまばらに並んだりしているが、さほど育ってはいない。

——おかしいなあ。

粗末な一里塚である。江戸に近づくと、一里塚も立派なものになり、五間四方くらいあって、見映えのいい樹木も数本植えられていたりする。そうなると動かすのは容易ではないが、この一里塚は棒っ杭に、「江戸より三十四里」と書かれているだけである。こんなものは、引っこ抜くのも簡単である。

——なぜ、動いたのだ？

よく他人から、大雑把《おおざっぱ》だの、無頓着《むとんちゃく》だのと言われるが、意外にこういう細かいことが気になったりする。

余人であれば狐のしわざで片づけることであっても、竜之進は考えてしまう。

だが、考えてもわからない。あげくには眠くなって来た。

わきの土手を下り、昼寝をすることにした。

時候は晩春。土手にアザミの花が揺れ、川のほうに群がる紫色は、カキツバタだろう。どこかねっとりした風に吹かれながら、竜之進はあっという間に深い眠りに入った。

眠りのなかに、やたらと猿が出て来た。

猿たちが、ざざーっと山のしげみに隠れたと思ったら、目が覚めた。

伸びをして立ち上がると、竜之進は夢のなかに猿が出てきた訳について思い至った。あの坊主の説教をよほど奇妙に感じられているのだ。

今市の宿場に入るとすぐ、茶店の端に腰かけた。

路銀には乏《とぼ》しいが、喉が渇いたし、団子の一皿くらいは食べないと、腹も持たない。この分では、夜は川で魚を取り、焼いて食うしかないだろう。

「茶と団子を頼む」

「へい」

おやじがすぐに茶と団子を持って来た。

団子は三つしかない。これで五文は高い。しかも、団子が小さい。物見遊山の客が多いところは、こういう商売が多いのだ。

しかたなく、ゆっくり団子を食べ始めると、わきにいる客の声が耳に入って来た。

「いい杖だな。どこで買った？」

手前にいるほうが、その向こうにいる男に話しかけた。

「……」

訊かれたほうは、遠くの景色を見ていて答えない。

「おい、とぼけるんじゃねえよ」

見るからに柄の悪い男は声を荒らげた。

「……」

それでも、相手は答えない。

声をかけられたほうの見た目は、歳のころ五十前後。江戸の大店《おおだな》のあるじといったところだが、よほど肝が太いのか。

「おれがどこで買ったかって訊いてんだろうが」

男はそう言って、向こうの客の足を強く蹴った。

「痛っ。なになさるんで？」

ようやくこっちを向いた。

「なにじゃねえ。おれがその杖はどこで買ったと訊いてるんじゃねえか」

「あ、すみません。江戸の日本橋《にほんばし》で買いました」

「なんですぐに答えねえんだよ？」

「はい。わたしは耳が聞こえないもので」

「耳が聞こえねえだと。嘘つくんじゃねえ！」

「いや、本当なのです」

「てめえ、こうしてしゃべってんだろうが」

手前の男が肩を怒《いか》らして立ち上がった。

店のおやじは、硬い顔で棒立ちになっている。止めたいが、片方の柄があまりにも悪いので、臆しているのだろう。

「これは、あなたの口の動きと、表情から察して話しているんですよ」

「そんなことでわかるわけがねえ。おめえ、おれを誰だと思ってるんだ。赤まむしの念次ってんだ。日光道でおれを知らないのはもぐりだぞ」

と、食いつくようにして啖呵《たんか》を切った。

——こいつが赤まむしのほうか。

見るからに街道のろくでなしである。目に険、鼻に傲岸《ごうがん》、口元に酷薄。博打をしたり、追剝、泥棒あたりで稼ぎを得ているといった日々のおこないが、ものの見事に顔に表われている。人殺しも、一回や二回ではないだろう。

「よせ、よせ。街道の親分なら、弱い者苛めはよくないぞ」

と、竜之進は声をかけた。

「え?」

念次がこちらを見て、竜之進を上から下までねめつけた。

凝視されると、竜之進は肩身が狭い。なにせ、着物は擦り切れ、髪はぼうぼうに伸び放題。街道のやくざのほうが空をゆく鶴に見えるくらい、竜之進のほうはどぶで育った亀のようにみすぼらしい。

明らかに見下されたらしく、

「おい、浪人。引っ込んでろ」

と、顎をしゃくった。

「だが、そちらは耳が聞こえないと言っているではないか」

「嘘に決まってるだろうが。耳が聞こえなかったら、こんなにしゃべれるか、馬鹿」

それは竜之進も思ったことである。

「耳、聞こえないんだよな？」

竜之進は、声には出さず、口の動きだけで向こうの客に訊いた。

「はい。聞こえないんです」

と、客はうなずいた。

「子どものときから聞こえないのかい？」

「十二歳のとき、雷に打たれたのです。それで聞こえなくなりました」

「雷に？　よく生きてたね」

と、これも口の動きだけ。

赤まむしの念次は、呆気《あっけ》に取られたように見ている。

「三日三晩、気を失っていたそうです。髪の毛はちりちりに焼けていました」

「へえ」

と、竜之進はうなずき、

「ほら、嘘じゃないぞ。あんたも見ただろう。わたしが口だけ動かしたのに、ちゃんと答えていたではないか」

念次にはそう言った。

「へっ、そうかい。だが、おれは、いったん文句をつけたからには、なにか手にしねえと気が済まねえんだ。その杖をもらうか」

いかにもやくざらしい話の飛躍ぶりである。

指差されたのは、黒光りする、硬そうな杖で、気品が感じられる。もちろん、安い値であるわけがない。

「これはずっと愛用していて、手になじんだものでして」

「いいから、寄こしな。いったん、おれを怒らせたんだから、おめえも雷に打たれたと思って諦《あきら》めな。へっへっへ」

念次は気の利いたことを言ったつもりらしい。

「おい、よせ」

竜之進が叱りつけようとすると、

「わかりました。これは愛用の品なので、代金を払います。この値で、江戸に行けば買えますので」

と、男は急いで巾着から二分銀《ぶぎん》を出し、念次に渡した。

「物わかりがいいじゃねえか」

念次がそれを懐に入れたとき、

「念次親分」

と、東のほうから三人連れがやって来た。二人は、念次同様、いかにもやくざ稼業。もう一人はふつうの職人に見える。

「親分、細工は終わりましたぜ」

「そうか」

念次は立ち上がり、いっしょに日光のほうへ向かうらしい。振り返って、

「おう、耳の聞こえねえおやじ。日光界隈でなんかあったら、おれの名前を出していいぜ。じゃあな」

竜之進のほうは見ずにそう言って、念次は立ち去った。

子分らしき二人の男の手が、土で汚れていたのを、竜之進は見逃さなかった。

三

「とんだ災難だったな」

念次を見送って、竜之進は言った。

「いいえ。おかげさまで助かりました。わたしは、江戸の日本橋の近くで瀬戸物を扱っています〈博多《はかた》屋〉と申します。隠居したばかりで、日光に参拝に行くと

ころです」

「望月竜之進と申す。見た通りの貧乏剣客だ」

「剣客？　お強いのですね」

「なあに。新しい流派を編み出したが、ちっとも弟子ができずに弱っている。それにしても、無駄な金を奪われたな」

「いいえ。この黒檀《こくたん》の杖は、とても二分などでは購《あがな》えませぬ。取られずに済んでよかったです」

「そうだったか。それにしても、たいしたものだ。顔を見ただけで、言っていることがわかるのだからな」

「少しは聞こえるんです。耳のそばで大声で話してもらうと聞こえるくらいには」

「なるほど」

「だが、それをいちいち頼むわけにもいきませんので、ずっと相手の唇の動きを読むことでやってきました」

「人相見《にんそうみ》も顔負けだな」

旅をしていると、人相見や八卦見《はっけみ》にはしょっちゅう出会う。だが、連中もこんなことはできないだろう。

「いいえ、わたしのは人相見の見方とはまったくの別物ですので」

「どこが違う？」

「人相見は運勢を観ますな。しょせん、でたらめです。運命なんか、人にわかるわけありません。わかっているのは天だけです」

「同感だよ」

と、竜之進は深くうなずいた。

「わたしが見るのは、顔のつくりよりも表情です。表情には、喜怒哀楽ばかりでなく、いろんなものが表われます。気性も、隠した心も、嘘も」

「ほう」

「おかげで商売はやりやすかったですよ」

「それはそうだろうな」

「望月さまは、いいお顔をされている」

「わたしが？　よく、武芸者の顔ではないと言われるぞ。強そうに見えないとも」

竜之進は眉も目尻も下がっている。それが、睨みの利かない所以《ゆえん》だろう。

「確かに強面《こわもて》ではありませんが、強い意志や、のびやかで優しいお心が表われています」

「へえ」

褒められれば、嬉しくないことはない。

「江戸に出たら、ぜひお立ち寄りください。弟子を集めるのも、お手伝いできることがあるかもしれません。店は、日本橋から見渡してもらえれば、すぐにわかります」

よほどの大店らしい。

「それより、これから日光に向かうのだな?」

「そうです」

「では、博多屋さんに顔を見てもらいたい坊主がいるのだがな」

「坊主ですか。別にかまいませんが」

「それはありがたい」

またも日光に戻ることになるが、気になっていた疑問に解決が得られるかもしれなかった。

日光の町が近づいて来ると、

「どうせなら宿もいっしょにしましょう」

と、博多屋の隠居は言った。

「いや、わたしは……」

宿代がないので、どこかの祠のなかか縁の下にでも寝るつもりである。が、それは言いにくい。

「大丈夫。宿代も持たせてもらいますから」

「そうなのか。それは悪いなあ」

好意はありがたく受ける。つまらぬ矜持《きようじ》から断わることはしない。

「なんの、なんの。あ、そこです」

博多屋が指差したのは、〈坂本屋《さかもと》〉という看板を掲げた宿である。

「これは立派な宿だ」

旅に明け暮れる竜之進の日々だが、こんな立派な宿に泊まったことはほとんどない。

「これは宿というより、東照宮の一部なのではないか」

「あっはっは。そんなことはありません」

「本陣なのか？」

「本陣は別にあります。ま、脇本陣にはなるようですが。じつはこの宿のあるじは、わたしの昔からの知り合いでしてね。ここで使っている茶碗、皿などは、ぜんぶうちで買ってもらったのです」

「そうなのか」

「以前から来てくれと言われていたけど、隠居してようやく訪ねて来ることができました。名乗ればすぐに挨拶に出て来てくれるでしょう」

言った通りに、博多屋が名乗ると、

「博多屋さん、よく来てくださった」

と、あるじが挨拶にやって来た。

「やっと暇ができましてね」

「こちらは用心棒？」

坂本屋のあるじは竜之進を見て、訊いた。

「今市の宿で助けていただいたお侍ですよ」

「じゃあ、今市までは一人で？」

「そうですよ」

「ほう、よく来られましたな」

あるじも、博多屋の耳の事情を心配したのだろう。

「倅たちにも止められたのですが、日光くらいまで一人で行き来できなかったら、あたしはもうおしまいだと」

「さすがに博多屋さんだ」

「だが、心配して手代がそっと宇都宮《うつのみや》あたりまで後をつけて来てました。大丈夫とわかって帰ったみたいですが」

「ま、とにかく無事でよかった」

あるじは、腰を落ち着け、茶飲み話を始めた。

話によると、東照宮はいま、なかなか面倒なことになっているらしい。

「もともとここは、昔から神の宿るところでした。古くから山伏たちが、祈願に来ていたそうです。そこへ勝道上人《しょうどうしょうにん》さまという方が来られ、輪王寺《りんのうじ》という寺がつくられ、さらに向こうのお山に登られ、山伏の聖地に改めて二荒山《ふたらさん》神社をお建てになりました。この『ふたら』を音読みにした『にこう』が『日光』の名の謂《いわ》れだとも言われています。

つまり、聖地があり、寺ができ、神社が祀られたという、こういう順なわけです。そして、そこに神君家康《いえやす》公の遺言によって東照宮がやって来ました。したがって、神さま仏さまが、渾然《こんぜん》一体となっている。ま、寺も神社もたいがいそうしたものですが、そこへ力を持った人間が関わると厄介なことになるのですな。元からいた輪王寺のお坊さまたちと、東照宮の坊さまや、神官たちとのあいだで、ひそかな争いが勃発《ぼっぱつ》し、いまにいたるまで延々と尾を引いているのですよ」

「そういうことか」

竜之進は、窓から外を見た。

東照宮の境内あたりで、赤まむしの念次がうろうろしている。子分らしき者も、七、八人いっしょである。

「なにか、騒ぎが起きそうだな」

竜之進がそう言うと、

「じつは、心配しているのです」

あるじがうなずいて、

「陽明門が造られたのは、寛永十三年（一六三六）のことですので、もう二十五年ほど経っています。そこで、塗料の塗り直しなど、つい先日までいろいろ修復がおこなわれていたのです。ああいう複雑な建物だと、のべつ修復が必要なのですな。それで、その工事が始まる際、入札《いれふだ》がおこなわれたのですが、不正があったという噂なのです」

眉をひそめながらそう言った。

「どっちが不正をしたんだい?」

と、博多屋が訊いた。

「どっちが?」

坂本屋のあるじは訊き返した。

「東照宮側が賄賂《まいない》でも取ったのか、あるいは請け負った側が高くふっかけて職人は安く使ったのか、不正もいろいろあるだろう」

「まあどっちの側にも、いいのも悪いのも混在してるからね」

「そりゃそうだ」

「だが、職人たちや、地元のやくざもからんで不穏な空気が漂っていてね。なにかひと悶着《もんちゃく》ありそうなんだよ。噂では、今度の工事の件は、輪王寺で力を持っている願迅という坊さんが仕切ったらしいんだが」

「ははあ」

博多屋はうなずいて、竜之進を見た。

「じつは、さっき願迅の説法を聞いたんだ」

と、竜之進はあるじに言った。

「そうでしたか」

「わたしはどうも説法に納得がいかなかった。皆が信奉するような、立派な僧侶とも思えなかった。それで、博多屋さんに願迅の人となりを見てもらおうと思ったのだ」

「それは面白いですな。では、ご案内しましょう」

あるじは立ち上がった。

「眠り猫は楽しみにして来たんだよ」

博多屋がそう言うので、

「だが、眠り猫は拝めないらしいぞ」

竜之進が釘を刺すと、

「いや、大丈夫。眠り猫は坂下《さかした》門というところに彫られているのですが、そこまではあたしの顔で入れますよ」

坂本屋のあるじは微笑んだ。

「それはありがたい」

　さすが地元の名士である。

四

　願迅和尚に手ひどく叱られたことへ意趣《いしゅ》返ししようというのではないが、竜之進はどうにも気になるのである。本当にあの坊さんは、立派な人格の持ち主なのか。あんなに大勢の聞き手を集めるほどの僧なのか。なにか疑わしい。

　だが、じつは本当に立派な坊さんで、向こうにしてみれば逆に竜之進こそ見かけ通りのだらしない、叱られるのが当然の腐れ侍なのかもしれないのだ。

　博多屋はそこをしっかり見極めてくれそうである。

　境内を掃除していた小坊主に訊くと、願迅は一日に二度、説教に現われるらしい。

　次は七つ（午後四時）のはずだそうで、まだ早い。

「じゃあ、眠り猫を先に拝みますか」

　と坂本屋のあるじはそう言って、二人を陽明門の門番に引き合わせた。

門番はうなずき、「入れ」と言うように顎をしゃくった。

坂下門は、陽明門をくぐって右手の、小さな門である。そこを抜けて、山の上に行くらしいが、もちろんそちらに行くことはできない。

「あ、それだね」

博多屋が嬉しそうに言った。

それはすぐにわかった。すぐ頭上に彫ってあるので、門をくぐろうとすれば、必ず目に入る。有名な猫だが、とくに変わったかたちをしているわけではない。白と黒の、どこにでもいそうな猫で、目を開けたほうが愛らしいと思うが、「眠り猫」と言われるだけあって、目はつむっている。

「ははあ。目はつむってますが、寝てはいませんね」

と、博多屋はすぐに言った。

「そうなのか」

「足を踏ん張ってますでしょ」

「そうだな」

「聞き耳も立てています。だが、身体は休めています。剣術遣いが、かすかな気配を感じて、敵かどうか、急いで動くほどではなく、しかし油断は怠らないと、そういった顔でしょうな。この猫が剣術遣いだったら、たいそうな腕でしょう。なんとなく望月さまと似ていますよ」

「わたしが眠り猫にかい」

「だが、こういう猫を彫れるなんて、やはり左甚五郎はたいした腕だったのですな。いやあ、名品ですよ、これは」

博多屋は感激もひとしおである。

「左甚五郎は面白い爺さんだったけどな」

竜之進がそう言うと、博多屋は目を輝かし、

「会ったことがあるのですか」

「十年近く前になるのだがね……」

そのときの話をすると、

「決闘に及んだ望月さまの像を！　たった一晩で！」

博多屋ばかりか、坂本屋のあるじもひとしきり感心した。

「そうだ。あっちの猿も見てもらおうかな」

と、今度は博多屋を神厩舎の前に連れて行った。

「こいつらはどうだい？」

「え？　これも左甚五郎が彫ったのですか？」

「違うよな？」

「まったく違いますすな。こっちには訴えてくるものがありません」

「同感だよ」

だが、願迅はこれを左甚五郎の作だと言ったのである。なにか根拠でもあるのだろうか。

それからまもなくして――。

ふたたびこの場所に参拝客たちや町の人たちが集まって来た。竜之進は、見咎《みとが》められるとまずいので、いちおう松の木の陰に隠れ、博多屋には正面から願迅の顔を見てもらうことにした。坂本屋のあるじもいっしょに聞くつもりだったが、手代が客の用事を伝えてきたため、先に宿へもどって行った。

「皆の衆よ……」

願迅の朗々たる声が境内に響き渡った。またも、三猿の話を語り出した。書いたものを読んでいるように、まるっきり同じ話である。一日に二回、いや、下手したら十日くらいは同じ話をするのではないか。二度聞くやつはいないから、それでいいのだろう。

「ひどいですなあ」

と、博多屋は説教の途中で竜之進のところにそっとやって来て言った。

「ひどいだろ？」

「ええ、あれはまやかし坊主です。腹は真っ黒で、欲で満ちています」

「やっぱりそうかい。わたしは、説教の途中、げっぷが出てしまって、ものすごい剣幕で怒られたのだ」

「あれじゃあ、げっぷも出ますよ」

「これでいささか溜飲《りゅういん》が下がったよ」

「あ、ちょっと待ってください。気になることがあったので」

と、博多屋は客のほうを凝視し始めた。当初、横から見ていたが、目立たないように前のほうに行って、客全体を見回すと、こっちにもどって来て言った。

「説法を聞く者のなかに、あの坊さんを憎む者たちもいますね」

「ほう」

「あれがそうです。それと、あれと、あれ。あ、あいつもです。ずいぶんいるぞ。あれとあれも」

博多屋は横からそっと指を差した。ぜんぶで七人ほどいた。

竜之進と博多屋は、坂本屋にもどって来た。

「どうでした、願迅は？」

あるじが訊いた。

「ひどい坊主だと思ったよ」

と、博多屋は言った。

「やっぱり、そうかい。いや、そういう声もちらほらあったんだが、なにせおおっぴらに言えることではないしね」

「それに、聞き手のなかにも願迅に文句を言いたげな若い男たちが何人かいたのが気になったんだがね」

「若い職人たちじゃないかい。ごたごたは最初からあったんだよ」

「どういうことだい？」

博多屋は訊いた。

「あの若い職人たちはいい仕事をしたいから、入札のときには当然、それなりの代金を求めたのだろうね。だが、それよりも安い額で——といっても、やはり莫大な額なんだけど、願迅があやつる職人たちが請け負うことになってしまったんだよ」

「仕事はなくなったのかい？」

「いや。願迅たちはたぶん上前を撥《は》ねたうえで、改めて腕のいい若い職人たちを雇ったんだろうね。職人たちは東照宮の仕事だったらしてみたいから引き受けたけど、あとでからくりを知って、怒っているんじゃないかと思うよ」

「そりゃあ、当然だ」

と、博多屋はうなずいた。

「その人たちが、訴えようとしているのかもしれないね。でも、それは難しいだろうね」

あるじは職人たちに同情して言った。

「いや、それは訴えさせてやらないとな」

竜之進は言った。それでなくてもこけおどしみたいな門なのに、賄賂の道具にされたりするのでは、拝むほうもたまらない。

「だが、東照宮は聖地ですからね。みだりに騒ぎを起こせば、訴えた側もお咎めを食ってしまうのです」

坂本屋のあるじが事情を打ち明けると、

「なるほど。そういうわけか」

と、博多屋はため息をついた。

「だが、ろくでもない連中が動き出しているということは、近々、なにかあるのかね？　まさか、将軍の参詣が？」

竜之進はもう一度、窓の外を見て訊いた。

「いいえ、将軍さまが御成《おな》りのときは、数日前から警戒の方たちが詰められます。こんなものではありません。明日、今度の補修の検分に、日光奉行と作事奉行がいらっしゃることになっているのです」

「奉行たちはどういう人だ？」

「立派な方たちだと思います。不正などは許さないでしょう」

「不正があったと訴えれば？」

「そりゃあ、厳しいお咎めがくだるはずですが、ただ、さっきも申し上げたように騒ぎを起こすことはできません。正当な手続きを踏もうとしても、いろいろ邪魔が入ってしまうのでしょう」

「だが、奉行たちが自ら気づいて、問いかけるように仕向けたら？」

「そんなふうにやれたらいいでしょうね」

と、宿のあるじは言った。

「難しいかね？」

「お二人は人格こそ高潔ですが、なんと申しますか、このところお歳を召されていて、ちと……」

「惚《ぼ》けてきている？」

「いや、そこまでは言いませんが、ちと鈍いというか、察しの悪いところがおありで」

坂本屋のあるじは言いにくそうにした。

「なるほどな」

竜之進は、方策を考えるうち、頭のなかで、別の光景が結びつき、

「あ、そうか」

はたと手を打った。

「なにか？」

と、あるじが訊いた。

「じつは、街道の一里塚が動いていた」

「一里塚が？」

「なぜだろうと思ったのだが、あのときはまるで見当がつかなかった。ご主人はここらの地形のことは詳しいかい?」

「それはここの生まれですから」

「江戸より三十四里と書かれた一里塚があった。あそこから道を左に逸れると、その道はどこへ行く?」

「ああ、あの道はいったん上り道になって、それから見晴らしのいい下り道を通り、迂回するかたちになりますが、この東照宮のところへ辿り着きますな」

「それより一町ほどこっち寄りのところを逸れると?」

「その道はただのわき道で、また日光道の杉並木のところに出ますな」

「そういうことか」

と、竜之進は手を叩いた。

「なんでしょう?」

「なにかを運んで来るのだろう。それで、運ぶのに都合のいい、見晴らしのいい下り道を選び、一里塚のわきを逸れ、いっきに東照宮まで持って来るという手はずにした」

「はい。杉並木のほうは、明日は道中奉行からも警戒の人たちが出るでしょうし」

「だが、裏切り者がいるか、計画を悟られたか、どっちかはわからぬが、その計画を嗅ぎつけた赤まむしの念次たちが、一里塚を動かした」

それが、今日、竜之進がばらばらに目撃したものの意味するところだったのだ。

「ああ、それは地元の者でなかったら、引っかかりますな」

と、あるじは悔しそうに言った。

「荷物は途中で奪われてしまう」

「それはまずい」

「だが、なにを運ぶつもりなのだろう?」

「さあ、それは見当がつきません」

坂本屋のあるじは首を横に振った。

竜之進は腕組みして考えるが、思いつかない。

「ちと、外でも歩きながら考えるか」

足を動かすと、頭も動き出すことはよくある。

五

竜之進は宿を出て、裏道のほうへやって来た。

ここは大谷川《だいやがわ》のほとりになっている。川幅は広いが、流れのところまでは遠く、土手の下は一面、芒《すすき》の原である。川は岩がごろごろしていて、水はそう多くないが、流れが岩にぶつかるところではさかんに白い水しぶきが上がっていた。

陽は西に傾き、揺れる芒の葉を茜《あかね》色に光らせている。

そんな光景を眺めながらやって来ると、

「あれ、お侍さん、まだいたのかい？」

今朝会った小娘にばったり会ってしまった。

「うむ。ちと事情があって、またもどって来たのさ」

「ふうん」

「そういえば、そなたの兄は仏師とか言っておったな。東照宮の彫物とかもやるのか？」

「うん。その修理で来てるんだよ。いまは、別の仕事で大沢《おおさわ》宿のほうに行ってるけど」

大沢宿というのは、こっちから行くと、今市の次の宿である。

「渡りの職人も大変だな」

「うん。しかも、あたいみたいな足手まといもいるしね」

「親はどうした？」

「死んじゃったよ。それであんちゃんに食わせてもらってるんだよ」

「立派なあんちゃんだな」

「うん、やさしいよ」

うなずいたあと、小娘は芒の原を見て、

「あんちゃんといっしょに仕事してる人だ」

と言った。

男が二人いた。

「右のほうか？」

「うん。千太郎《せんたろう》っていう人だ」

今市の宿で、やくざ二人といっしょにいた男ではないか。もう一人は、昨日、竜之進をせせら笑った男ではないか。

「あ、黒まむしの豪三だ」

「やはりあいつか」

すると、突然、二人のあいだで喧嘩が始まった。いや、喧嘩というようなものではない。怒った千太郎がなにか言おうとしたとき、黒まむしの豪三が、こぶしをふるい、倒れかけたところに、懐から出した匕首《あいくち》で、千太郎の胸を突いた。

「あ」

大声を出そうとした小娘の口を慌ててふさぎ、身を低くさせた。

「騒ぐな」

「だって」

「見たとわかるとお前も殺されるぞ。わたしがなんとかしてやる。お前は、いまは騒ぐな。わかったな」

「でも、あんちゃんには教えないと」

「あんちゃんは大沢宿だって?」

「うん。ないしょで象を彫るらしいよ」

「象を?」

思い出した。象を確かめに来た若い職人たち。あのなかの一人だったのだ。

黒まむしに殺された男は、職人仲間を裏切ったのだろう。だが、おそらく礼金のことかなにかでこじれ、殺されてしまった。

「なんで象なんだ？」

竜之進は小娘に訊いた。

「知らない。猿じゃなくて象にするんだって」

「猿じゃなくて象？」

「なるほど」

竜之進はしばし考え、閃《ひらめ》いた。

笑いながら、何度もうなずいた。

「なに？」

「見たぞう、言うぞう、聞いたぞう」

「あはっ」

「見ざる、言わざる、聞かざるの逆だ」

「面白い」

小娘も笑った。

竜之進は小娘に宿でおとなしくしているように言い、坂本屋にもどり、このことをあるじと博多屋に話した。

「ははあ、それであの願迅たちを告発しようというのですね」

坂本屋のあるじは手を打った。

「できると思うか？」

「奉行たちが修復工事の完成を確認しようとしたとき、それを見たとします。おそらく意図したところを察するでしょう。それで、改めて工事の上がりを見れば、手抜きの修復がおこなわれたこともわかるはずです」

「そうか」

竜之進は感心した。象の彫物を掲げるくらいなら、なんの騒ぎも起きない。ことは静謐のなかで進行するはずである。

「ですが、赤まむしの念次たちが待ち伏せている。やはり駄目でしょう」

あるじは首を横に振った。

「大丈夫だ。わたしが助けてやるとしよう」

と、竜之進は立ち上がり、

「その前に、ウナギを食わしてもらえぬか？」

「ウナギ？」

「あれを食うと、夜目《よめ》が利くようになる。なにせ、薄明かりで立ち回りをいたさねばなるまいから」

「わかりました。さっそく手配しましょう」

六

すでに陽は、四つの神秘がひそむという中禅寺湖《ちゅうぜんじこ》のあるあたりにひそやかに沈んでいった。晩春のぬるめの闇は、日光という聖地や近隣の村々や街道などをねっとりと閉じ込めている。

今宵の月齢は七日。半月にも満たない明かりでも、竜之進には十分足りている。ウナギの脂と肉に秘められた粘力は、目に作用し、余人にはぼんやりとした人影にしか見えなくても、竜之進には目鼻立ちはもちろん、その美醜《びしゅう》ですら見て取れるくらいだった。所詮、殴りつけ、気絶させるだけだから、美醜の判断は必要ないのだが。

鉢石《はついし》宿の入口あたりの杉並木には、すでにろくでもない連中がたむろしているのが見えた。影だけでも、善意や寛容、やさしさや勤勉といったものが完全に欠如した人格であることがわかる連中である。

その数およそ二十人。

竜之進は牛に餌でもやるときのように大胆に近づいて行き、五間ほど離れたところで飛び出す機会を窺うことにした。

手にしているのは、真剣でも木刀でもない。樫《かし》の丸太である。坂本屋が心張棒《しんばりぼう》にしていたのを拝借してきた。これで頭を狙い、衝撃で気絶させるつもりである。木刀では、力が余って頭蓋骨を陥没させる場合もある。それだと悪い頭はなおさら悪くなり、やくざから足を洗おうという英断すら持てなくなる。鈍い衝撃で気を失えば、目覚めたときに天罰を感じてくれるかもしれない。

しばらくすると、杉並木の彼方《かなた》から荷車の音がして来た。

「あれだ、あれ。薪を運ぶ荷車を装って来るんだ」

そう言ったのは、赤まむしの念次の声である。

どうやら黒まむしのほうはいないらしい。たぶん、仕掛けをした一里塚のほうにいるのだろう。となれば、ここは赤まむしの念次を先に片づければ、かんたんにケリがつきそうだった。

「あいつらは殺すまではしなくてもいい。隠した彫物を奪ってしまえば、それで終わりだ。わかったな」

　多少は抑制のある悪事を命令した。

「へい」

　子分たちが返事をし、腕まくりをしたとき、

「おい、赤まむし」

　後ろから近づいた竜之進が声をかけた。

「え？」

　振り向いた赤まむしの脳天を、杭でも打つように叩いた。頭蓋の中身が少ないせいか、乾いたいい音がした。杭だったら、五寸は地中に沈んだくらいの手ごたえだった。

　赤まむしは、とぐろを巻くことすらできずに、膝から崩れ落ち、つんのめるように前に倒れた。

「赤親分、どうしました？」

　すぐわきにいた男が訊いた。暗くてなにも見えていないらしい。

「なあに気絶しただけだ」

　言いながら竜之進は、この男も同じように殴った。

ここからは、やくざたちはなにが起きたかわからない。

警戒されないよう篝火《かがりび》を焚いていなかったのも災いした。

誰か天狗のような男が、自分たちのあいだを駆け巡ったかと思うと、二十近い数の頭蓋を次々に殴られ、全員、なすすべもなく気絶してしまったのである。

そのわきを、薪を載せたらしい荷車が通り過ぎて行く。引いているのは六、七人の若者たち。

見送って、竜之進は言った。

「とりあえず、第一の門はくぐったかな」


翌日——。

昼近くなって、日光奉行と作事奉行の二人が東照宮に到着し、すぐさま検分がおこなわれた。大勢の役人が、二人の奉行の周囲を囲み、神官や坊主、この修復に携わった大勢の職人たち、さらに近隣の者やまむしの兄弟と子分たちは、これを遠巻きに囲んで眺めている。

神厩舎の前まで来たときである。

「ん？」

日光奉行が目を丸くした。

「どうなさった？」

作事奉行が訊いた。

「ほら、あれを」

日光奉行が指差したのは、三猿ならぬ、三象だった。

若い七人の職人たちが、座った膝元に並べていた。職人の何人かは訴えるような目で奉行たちを見つめ、何人かは深々となにか直訴でもするかのように頭を下げている。

「象ですな」

と、作事奉行はうなずいた。

「ええ、象ですな」

「なにやら見てくれと言わんばかりですな」

「たしかに。なかなか可愛いものですな」

日光奉行は目を細めて微笑んだ。

「だが、なんの意味があるのでしょうな」

と、作事奉行は言った。こっちのほうが日光奉行よりは五歳ほど若そうである。

といっても、ゆうに七十は超えているだろう。

「意味？」

「ええ、三頭の象にはなにか意味があるのでしょう」

「ぞぞぞっとするのですかな」

日光奉行はそう言って、自分で笑った。

「だが、ただの象ではないですぞ。なにやら、上の猿たちと似たような恰好をしているではないですか」

「あ、ほんとですな」

「しかも、目を閉じておらず、口はなにか話しているし、耳も開いているみたいですぞ」

「なんですかな」

「なんでしょうな」

二人の老いた武士は、しばらく考えているみたいだった。

これを竜之進と博多屋と坂本屋のあるじは、職人たちの後ろのほうで見ているのだが、じれったくてしょうがない。

「わからぬものかな、あれが」

竜之進は言った。すぐ真上に、見猿、言わ猿、聞か猿があって、象はその下に並べるようにしているのだ。

それから、竜之進は奉行たちのほうに向かって、手で目をふさいでから離し、口をふさいでから離し、耳をふさいでから離すというしぐさを何度も繰り返した。

これでわからなかったら、ほんとに惚け爺《じじ》いだぞと言わんばかりに。

そんな竜之進のしぐさが目に入ったかどうかはわからないが、

「もしかして見た象、聞いた象、言う象かな？」

と、日光奉行のまぶたの下の皺《しわ》だらけの目が光った。

「あ、それですな」

「なにを見て、聞いて、言いたいのかな？」

「そういえば、こたびの修復、仕事が粗《あら》い気がしましたな」

と、作事奉行は後ろの陽明門を振り返って言った。

「わしも同様に思った」

日光奉行はうなずき、

「こたびの工事、請け負ったのは確か、輪王寺の願迅の紹介の者だったな」

と、近侍《きんじ》の者に訊いた。

「さようでございます」

「願迅を呼べ」

作事奉行が声を張り上げた。

すると、取り囲んだ人垣を割るようにして、

「ここに」

と、願迅が伺候《しこう》した。

「願迅。そなたの肝煎りで与えたこの仕事、ずいぶんな手抜き工事のようじゃな。厳しく問い質《ただ》すぞ」

「そんなことはありませぬ」

願迅は居直った。

その願迅を見ていた博多屋が、

「そういえば顔が似ていますな」

と、言った。

「だれと？」

竜之進が訊いた。

「願迅とまむしの兄弟と」

「あ、三兄弟ということだが、願迅がいちばん上なのか」

竜之進もすぐに合点《がてん》がいった。

願迅が出て来たあたりには、昨夜気絶させた赤まむしの念次がいた。黒まむしの豪三もいた。赤まむしはコブくらいはできているはずだが、ここからは見えなかった。

「願迅。われらの目を見くびるでないぞ。塗りにむらがあるばかりか、青色にしても赤色にしても、鮮やかさが足りぬ。塗料をケチったのであろう」

作事奉行が言った。

「ううっ」

「詳しく取り調べる。社務所に参るがいい」

「それはお断わりだ」

なんと、願迅は畏《おそ》れ入るどころか、逆らうつもりらしい。

「なんだと」

「念次、豪三」

後ろにいた二人を呼んだ。

「へい」

と、願迅のわきに立った。

それどころか、二人はさっと長脇差《ながどす》を抜き放った。

「きさまら、御上《おかみ》に歯向かう気か」

日光奉行が震える声で問い質した。

「こうなったら、お前たちの命を頂戴し、東照宮に火をつけて逃げてしまおう」

「そうしよう」

「そんな馬鹿な」

慌てふためく役人たち。

だが、まむしの兄弟は強い。しかも、三十人近い子分が加勢している。

境内はたちまち乱戦になった。

役人たちもやくざと同人数ほどいるが、勢いに押されている。やくざの喧嘩剣法にどう斬り結べばいいのかもわからず、下がる一方になった。

願迅はいつのまにか手にした六尺棒を、ぶんぶん音がするほどに振り回している。棒の先は金具で覆われ、刀も弾いてしまうようだった。

「助太刀いたそう」

と、竜之進が願迅たちの前に飛び出した。

昨夜と違って、刀を抜き放っている。

「なんだ、きさまは？」

願迅が怒鳴った。

「贋《にせ》坊主、やっと正体を現わしたか。まむしの三兄弟の長男は、青まむしか白まむしか、それとも紫まむしか」

「どうしてそれを？」

「そっくりじゃないか。いくら坊主を装っても、根っからの下衆《げす》さと欲深さはにじみ出てしまうのだ」

三社流は悪口も戦法である。相手を激高させ、冷静さを失わせる。

願迅より先に、赤まむしと黒まむしが襲いかかってきた。

長めの脇差をめまぐるしいくらいに素早く振り回す。身体ごとぶつかってくる。

型も訓練もない、やくざ剣法である。が、あなどれない。

対するには、めまぐるしさに惑わされず、

「おっとっと」

一歩引きながら、小さく速く腕を伸ばし、

「そこだ」

的確に小手《こて》を斬る。

「うわっ」

手首の内側から血が噴き出す。そこには太い血の道が通っている。血は赤いヘビのように、宙をのたくった。

最初に赤まむし、つづいて黒まむし。

「こやつめが！」

願迅が打ち下ろしてきた六尺棒を苦もなくかわし、これも手首を削《そ》いだ。弟たちより勢いよく、赤い血が飛び回る。

「ううっ」

慌てて、もう片方の手で傷口を押さえたところを、竜之進の刃が襲った。狙いはきれいに剃《そ》り上げられた頭である。

ただし、斬ったのではない。

ぺしっ。

という小気味よい音がした。

刃の横ではたいたのだ。

ぺしっ。ぺしっ。ぺしっ。

つづけざまにはたいてやる。

「や、やめてくれ」

やられるほうは屈辱だろう。

ついに願迅が頭を抱えて崩れ落ちたところでやめ、

「あとはお役人たちにまかせます」

と、竜之進は刀を納めた。


翌朝――。

竜之進はひさびさにふかふかの布団でぐっすり寝て、目を覚ますと、客が来ていると告げられた。宿の玄関に出てみると、あの小娘が兄を連れて来ていた。

「お侍さん、あんちゃんが礼を言いたいって」

見覚えのある若い職人が、

「このすずめから話を聞きました。いろいろ助けていただいたみたいで」

そう言って、深々と頭を下げた。

小娘の名はすずめというらしい。可愛らしくて、よく似合う名前ではないか。

「なあに、どうってことは」

昨夜は日光奉行と作事奉行からも本陣に呼ばれて礼を言われ、思いがけない礼金までもらっていた。しばらくは、金の心配なしに旅をつづけることができそうである。

それより、宿の外がなにやら騒がしい。

またなにかあったのだろうか。

いぶかしそうにした竜之進に、

「凄いね、お侍さん」

すずめが微笑みながら言った。

「なんだ、あれは？」

「弟子入り志願だよ」

「あれが」

何人いるだろう。五十人ではきかない。百人。大火のあとの炊き出しでも待つように、ずらっと列をつくっている。

「一昨日の朝とは大違いだね。三社流っていうんだと、やくざなんか三十人相手でも負けないと、あたしも言いふらしておいたよ」

「いや、わたしの剣術は誰でもやれるわけでは……」

どうせやめるのがほとんどだろうが、それにしても弟子が多過ぎるというのも考えものだった。

第五話　那須与一《なすのよいち》の馬

一

望月竜之進は、初夏の風のなかにいる。

光の破片をはらんだ海からの風である。

ここは鎌倉の町。周囲を取り巻く山の青葉若葉が、輝きながらそよいでいるのも見えている。

言うまでもなく、鎌倉は武門の都である。

かつて源頼朝《みなもとのよりとも》が、ここに初めての武士の政権を打ち立てた。武士にとって、いわば聖地と言ってもいい。

ただ残念なことに、南北朝の合戦や戦国時代のどさくさで焼き打ちにあったりして、いまではほとんど寒村と言えるほどに落ちぶれてしまっている。通りを歩いても、目につくのは、魚の干物に干しワカメばかり。江ノ島《えのしま》への物見遊山のついでに立ち寄る旅人が、ちらほらといるくらいである。

いまは玉縄藩の藩庁がある鎌倉の町の中心は、なんといっても源氏《げんじ》の守り神である鶴岡《つるがおか》八幡宮だが、本殿は戦国のころに焼かれたりして、かつての威容がよみがえったのは、つい三十年ほど前の寛永年間になってからである。

竜之進はその境内にいる。

藩庁に、かつての弟子・山井双太郎《やまいそうたろう》がいて、たまさか鶴岡八幡宮の宮司（僧侶でもある）に、三社流の話をしたところ、

「ぜひ、会ってみたい」

と、言っていると伝えてきた。

三社流の特徴については、次のように説明したという。

とにかく実戦を想定した剣であること。

敵のあらゆる動きに対応する稽古をすること。

道場の稽古はほとんどなく、野外稽古を重視すること。

一対一ではなく、一対三の戦いを基本にすること。等々……。

この山井というのは、竜之進がいままで教えたなかでも、いちばん筋が悪かった弟子である。いちばん強かった弟子はと訊かれると、数人思い浮かべて迷ったりするが、いちばん弱かったのはと訊かれたら、迷うことなくこの山井の名を挙げる。

どれくらい弱いかと言うと、向き合って稽古をつけても弱すぎるので、後ろ向きで稽古をつけた。さらには、目隠しまでした。それでも、山井は竜之進に一本さえ打ち込むことができなかった。それくらい、笑ってしまうほど弱い。

その代わり、理論についてはやたらと飲み込みが早く、竜之進の教えをうまくまとめ、体系化までしてくれた。それくらいだから、宮司にも上手に解説してくれていたらしい。

むろん、三社流を広めるためには、会わない手はない。

かつ、古都鎌倉で、面白い武術と出会えるかもしれない。

というので、江戸を七つ立ちして、飛ぶように鎌倉へやって来たのだが、

「こちらが三社流の創始者であられる達人望月竜之進先生です」

と、大げさに紹介され、竜之進は照れてしまった。

「宮司の松尾《まつお》怜斎《れいさい》と申します」

鶴岡八幡宮の宮司といえば、身分も相当高いのだろうが、偉ぶらないにこやかな人で、竜之進にも丁重に頭を下げた。ただ、

「山井さんがこれほどお褒めになるのだから、よほどの達人なのだろうと推察いたしました」

と、なにやら山井が武芸のことをよくわかっているように言ったのには、つい首をかしげてしまった。

「山井がですか……」

「ま、実戦はともかく、理論を語るにはなかなか優れていますから」

いちおうわかってはいたらしい。

「そうですな」

「なんでも老荘《ろうそう》の教えも剣に取り入れられているとか」

「老荘……」

山井をちらりと見た。いったいどれだけ大げさに吹聴《ふいちょう》してしまったのか。

「お若いのにたいしたものです」

「いやいや、とんでもない」

竜之進が苦笑いしていると、

「宮司さま。ちょっと稽古をご覧になれば、わが師匠の腕前はおわかりになるかと」

山井は言った。

「うむ。望月どの。ぜひに」

さっそく境内で稽古をやってみせることにした。

「お師匠さま。例の想定稽古にしましょうか」

山井は嬉しそうである。

「あれをやるのか」

竜之進はすこし渋った。というのも、あの稽古を見せると笑い出す者も少なくないのだ。

だが、ここは山井の勧めに従うことにした。

想定稽古というのは、一人が斬り合いの情景を想定し、どんどん語っていくかたわら、もう一人がその情景に合わせて剣を振るうというものである。

さっそく始まった。

「なんと、暗闇からいきなり敵らしき者が駆けて来た！」

と、山井は叫ぶように言った。

竜之進は身構え、刀の鯉口《こいぐち》を切った。

「前から二人。左右から斬りかかってくるつもりらしい」

暗闇で前から二人。竜之進は横に走った。

「後ろからも足音が迫った」

竜之進は咄嗟《とっさ》に小刀のほうを抜き放ち、後ろに投げつけた。

「後ろの足音は巨大な猪だった」

猪かい。あいつめ！

竜之進は内心呆れるが、この稽古は文句を言えない。じっさい、この世ではなにが起きてもおかしくないのだ。

また、山井はじっさいの腕はひどいが、口は恐ろしく達者である。頭が回ることはもちろん、滑舌の良さ、声の通り具合など、武士を辞めて講釈師にでもなったら、天下一の名人になったのではないか。

「小刀は猪の背中に突き刺さったが、ますます獰猛《どうもう》に暴れつづけている。一方、前からの敵も迫っている」

竜之進は鞘ごと刀を帯から抜き出し、地面をごろごろと転がった。

それで、前から来た敵の足首を斬った。

「一人は足を斬られて倒れたが、おっと、もう一人が刀を振りかざして突進して来たではないか！」

暗闇なのに、やけに動きがいい。

「立ち上がりたいが、わきで猪が暴れているため立ち上がれない」

仕方なく、竜之進は地面を転がりつづける。

「おっと、ここで木にぶつかった！」

仕方なく木陰へと回り込みながら、相手が近づくのを待つ。

「相手は猪にぶつかって、ひっくり返った」

よし、いまだとばかりに飛び出し、がむしゃらに剣を振り回した。この剣捌《さば》きの速さは三社流の売りものである。

「猪ともう一人もやった、と思ったとき、暗闇から一本の矢が。それが望月竜之進の左肩に突き刺さった」

くそぉ！

と、刺さった矢を抜き放つと、矢の来た方向を探した。

「敵は右手のすぐ近くと思った瞬間、第二矢が飛んで来た！」

竜之進はまた地面に伏せ、この矢を避けた。

「矢を射たのは、右前方の大きなけやきの陰の男」

竜之進は匍匐《ほふく》前進する。だが、敵もこの闇でよく見えないはずである。

竜之進は山井が、

「かたわらの枝を斬り落とし、これを離れたところに放った！」

と言うので、そのしぐさをした。

「ざざっと音がしたので、第三矢はその音のほうへ放たれた。だが、狙いは外れた！」

と、山井は悔しそうに言った。

その途端、竜之進は凄い勢いで駆け出した。

ここらで決着をつけないと、この先、なにをやらされるかわからない。

次の矢をつがう間を与えまいと突進し、隠れていた弓矢の遣い手を袈裟《けさ》がけに斬った。

これでもう、架空の敵はいなくなったはずである。

「お見事！　無事、三人を倒されました！」

山井が叫んだ。拍手までして、すっかり感動の面持ちである。叱りつけたい気持ちもあったが、こうも感動されると叱れない。

竜之進は息を切らしながら苦笑した。地面を転がったりしたので、着物は土だらけになっている。

「ほう、これは面白い稽古ですなあ」

宮司も感心している。

「だが、これは中くらいの腕になった者がおこなう稽古の一部でして」

と、竜之進は弁解した。

これで、見世物みたいな剣術と思われては困るのである。

「そうなのですか」

「初心者にはもっと丁寧に教えさせてもらっています」

それは嘘ではない。いきなりこんな稽古をしていたら、基本が駄目になる恐れがある。

「だが、こうした稽古をつづければ、それは強くなるでしょうな」

「それはもちろんです」

と、竜之進は胸を張った。

「宮司のわたしが言うのもなんですが、いまの鎌倉の若い者は、剣はどうも精神を鍛えるためのものと思い過ぎている気がします。もちろん精神は大事だが、あまりにも形式にこだわり過ぎて、弱くなっているのではないでしょうか」

「ほほう」

宮司の言葉とは思えないが、まさに竜之進も同感である。

「当社の神官だけでなく、志のある若い武士にも、ぜひ数日、ご教授いただきたい」

「承知しました」

教授料もはずんでもらえそうである。

二

さっそく思いがけないほどの教授料を頂戴すると、

「本日はこれから流鏑馬《やぶさめ》の稽古がおこなわれるので、ぜひ、ご見学を」

と、宮司は言った。

「流鏑馬……！」

話には聞いていたが、見るのは初めてである。

「長く廃《すた》れていたのですが、当社が音頭を取って、もう一度、盛んにしようと思っているのです」

「それはいいですな」

と、竜之進は言った。そもそも竜之進は弓矢に対して畏敬《いけい》の念がある。

かつては弓矢こそ、武器の王道だった。

いくさが頻繁におこなわれたころは、弓矢が中心であり、やがて戦法が変わると、槍や鉄砲が重視されるようになった。

そして、平和な時代になると、単独で戦うための剣術が主役になった。

だが、弓矢の武器としての有用性はなくなったわけではない。遠方から、鉄砲のようにばかでかい音も立てず、相手を狙うことができる。しかも、腕によっては鉄砲より狙いも正確ではないのか。

流鏑馬の会場は、境内の東側にある池のそばにつくられた縦長の馬場だった。

八頭の馬と武士たちが集まっていて、扇の的が三つ、十間ほどあいだを置かれて並んでいた。あとは見物に来ている武士や少年がぽつぽつといるくらいである。

「始めるぞ」

そのうちの一人が言った。

とくに返事もなく、最初の武士が馬を駆った。

馬場を大きく回り込むように駆けると、端から馬の速さを上げる。馬上で矢をつがい、扇の的のわきを駆け抜ける寸前、矢を放つ。

「ほう」

竜之進も目を奪われる。

馬が目の前を駆け抜けるのは迫力がある。馬上で弓を構える姿も美しい。剣の立合いにまさる、勇壮な光景である。

「次」

八頭の馬が次々に駆け抜けて行く。

だが、なかなか的に当たらない。数人が扇の端をかすめたが、真ん中にはまだ一矢も当たっていない。

たしかに難しいことはわかる。矢をつがって、狙いを定め、放つ。これがすべて揺れる馬上からである。

それにしても、もう少し当たってもいい。

――そういえば……。

それを見ながら、近ごろ江戸――というより本所深川《ふかがわ》にかけて起きている新手の辻斬りのことを思い出した。

刀ではなく、矢を放ち、行きずりに人を殺害するのだ。その前後に馬の走る音を聞いた者もいるらしい。

もしかしたら、この流鏑馬の要領でやっているのかもしれない。

その若者が出現したのは、八人の武士の演技が三度ずつ繰り返され、一通り終わるころだった。

「ほおれ、どけ、どけ！　おらの番だ」

いつの間にか現われた若者が、裸馬にまたがり、同じ通り道を駆け抜けながら矢を三度放った。

それが、三本とも、扇の真ん中を貫いたのである。

「はっはっは」

若者は愉快そうに笑い、同じことをもう一度やってみせた。

今度も皆、命中である。

馬が駆ける速さも、ほかの武士たちと比べて段違いだった。

「おらは那須与一の生まれ変わりだ！」

若者が叫ぶのを、周囲の武士たちは顔をしかめて眺めている。

宮司はと見ると、とくに怒っているようすはない。内心では、武士たちにあれを見習えと言いたいのかもしれない。

ただ、馬術や弓矢の腕は素晴らしいが、どう見ても武士ではない。

「何者なのだ？」

竜之進は、わきにいた山井双太郎に訊いた。

「又蔵《またぞう》といって、由比ヶ浜《ゆいがはま》の近くで働いている馬喰《ばくろう》です」

「馬喰なのか」

馬を使役して、人や荷物を運んだりする仕事である。

「ただし、父は偉い武士だという話もあります」

「ほう」

「要は妾《めかけ》の子なのでしょう。だからその父に認められたくて、弓矢の腕を磨いたのではないかと噂されています」

「なるほど」

いちおう納得した。

その又蔵を宮司が呼んだ。宮司も又蔵のことをよく知っているらしい。

「なんです、宮司さん？」

又蔵は笑顔を浮かべて近づいて来た。こうして見ると、素直そうな若者である。

眉は濃いが、目は澄んでいて、少年の面影も残っている。

「この方は、望月竜之進どのとおっしゃって、三社流という新しい剣術の創始者なのだ」

宮司は竜之進を紹介した。

「創始者？　望月さまが自分で編み出したのですか？」

又蔵は興味深げに訊いてきた。

「さよう」

「だったら、命を狙われるでしょう？」

「命を？」

「邪魔しようというやつに」

もちろん剣客ゆえ、命のやりとりもあり得る。だが、新しい剣術を編み出したからといって、ことさら狙われるということはない。むしろ、馬鹿にされることのほうが多いかもしれない。

だが、なぜそんなことを訊いたのか。

「もしかして、お前も狙われているのか？」

と、又蔵に訊いた。

「わからねえんだ。なんとなく、そんな気がするけど」

「ほう」

「宮司さんに、新しい流派の名前を付けたほうがいいと言われて、那須流ってことにしたんだけど、だから狙われているのかもしれねえよ」

又蔵がそう言うと、

「それはどうかのう」

と、宮司は首をかしげた。

「おっ母《かあ》からは、お前は江戸に行けって言われているんです」

又蔵は竜之進に言った。

「江戸へ？」

「おとっつぁんが江戸にいるから」

「そうなのか」

「偉い人らしいぜ」

自慢げに言った。

「おらのおっ母は、静御前《しずかごぜん》」

又蔵はそう言って、踵《きびす》を返した。

「ん?」

説明してもらおうと、竜之進は山井を見た。

「母親がまた妙な女でしてね。若いころはここで巫女《みこ》をしていて、神事のときは舞を舞ったりして、まあ静御前《しずか》のような女と言えなくもないのです。名前も、ほんとか嘘か知りませんが、静香というのです」

「ほう」

「変に頭が切れるところもあり、女のくせに近ごろは軍学者を自称していましてね」

「女が軍学者?」

「まあ、なんとも言い難いです」

「なるほど」

「ところが、静香のことを馬鹿にして笑ったりすると、又蔵に矢を射かけられます。いや、殺しはしませんが、ちょん髷を貫かれたりしたのもいて、その悪口を言える者は、いまやいなくなりました」

「そうなのか」

宮司を見ると、困ったような顔をしている。

確かに相当変わった母と息子らしい。

三

竜之進は、夕方の浜辺に出てみた。今宵は、藩庁の近くにある山井の家に泊めてもらうことになっている。山井は一人暮らしで飯も自分で炊く。まだしばらくかかるから、海でも眺めてきてくれと言われたのだった。

目の前の浜辺は、由比ヶ浜である。古戦場でもあるが、いまの浜辺はおだやかな波が夕陽に光って、美しいばかりだった。

――ん？

浜に馬を立たせ、又蔵が身体を洗ってやっていた。

「かわいい馬だな」

と、竜之進は近づいて行って、声をかけた。

いかにもずんぐりむっくりで、重い荷物を運びつづけてきました、という身体つきをしている。どこか暢気そうで、たぶん暴れたことなど一度もないだろう。

「ああ、望月さま。そりゃあ、可愛いですよ。こいつのおかげで、おらはおまんまが食えているんだから」

「七歳くらいか？」

馬の歳を訊いた。もう十分、大人の馬である。

「そう。当たった。望月さまも馬を飼っているのかい？」

「いや、いまは飼ってないが、昔、ずいぶん乗り回したことがあるのでな」

富士の裾野で暮らしたときである。

「へえ」

「それに生きものは可愛いからな」

馬だけではない。四つ足から鳥、虫や魚まで、竜之進は皆、好きなのだ。理由はわからない。子どものときより、大人になって剣を振り回すようになってからのほうが、ますます生きものが愛おしくなってきた気がする。

僧侶ではないから、魚はもちろん、獣肉までなんでも自分で捌いて食うけれど、その前に必ず、手を合わせ、感謝の念を示している。

「めずらしいお侍ですね」

「そうかね」

「ほれ、ゴマ、もっとなかに入れ」

又蔵が身体を洗うのにゴマを海に浸けようとするが、嫌がっているらしい。

「流鏑馬の技は馬も大事だろう?」

と、竜之進は訊いた。

「ああ。でも、この馬は駄馬だよ。な、ゴマ」

那須与一の馬は名馬だったのか?

もちろん与一の馬は駄馬ではなかった。扇の的を射貫《いぬ》いたときは、できるだけ近づくため、馬を海のなかに入れた。馬は必死で泳ぎ、与一をわずかでも的に近づけるようにしたのだ。駄馬にできることではない。

「ほら、ゴマ、どうした? なに、怖がっているんだ? 今日は変だなあ」

又蔵は首をかしげた。

そのとき——。

海の彼方から二艘の舟が現われた。漁師たちの舟かと思ったが、乗っているのは四人の武士たちである。

——ん?

武士たちはいっせいに弓を構えると、浜辺の又蔵に矢を射かけてきたではないか。

「なんと」

竜之進は、急いでゴマの手綱《たづな》を引き、流れ矢に当たらぬよう、わきに連れて行った。それから、又蔵のところへもどった。

又蔵も、弓矢を持って来ていて、すでに応戦していた。

「又蔵。わたしの後ろに回れ」

「いいよ。危ないぜ、望月さま」

「大丈夫だ。飛んで来る矢はわたしが斬り落とす。又蔵は射ることだけに専念しろ」

「わかりました」

四人の放ってくる矢は舟の上からということもあって、あまり正確ではない。四本のうち一本ほどが、又蔵に当たりそうになっただけで、竜之進は刀も使わず、手づかみにした矢もあった。

又蔵の放つ矢はかなり正確である。まもなく、敵のうちの二人に突き刺さったらしく、

「引け、引け」

と、逃亡を開始した。

「あの野郎」

又蔵は泳いで追うつもりらしく、弓矢を背にくくりつけようとしたが、

「よせ。無駄だ」

と、竜之進は止めた。

「又蔵。大丈夫かぁ！」

背後で声がした。

振り向くと、女が駆けて来るところだった。

「あ、おっ母」

これが噂の静香御前らしい。

歳は四十過ぎぐらいか。若いころは美貌を誇ったのかもしれないが、いまは痩せて、変にとげとげしさの目立つ顔立ちだった。

その静香御前は棒を持っている。又蔵の加勢に来たらしい。

「ちょうど外を見たら、おめえが襲われていたのでな」

「この人が助けてくれたよ」

又蔵は竜之進を見て言った。

「そりゃあどうも」

「凄かったぜ。矢を手づかみしたのにはたまげたよ」

「なあに、鎌倉武士にはこれができるのは大勢いたのだ」

と、竜之進は言った。

竜之進もなにかでそれを読み、稽古すると、そう苦労せずできるようになっていた。

「宮司さんとこのお客さんで、三社流って剣術の達人の望月さまだ」

「さんじゃ流……イ、ロ、ハの三者が相戦うときは、イと結んだふりをしてロと結び、イに接してそれを倒すべし」

静香御前は暗誦するように言った。

孫子《そんし》の兵法あたりにそんな文句があったのだろうか。女軍学者を名乗るのは、まんざら出鱈目《でたらめ》でもないのかもしれない。

「御母堂。なにか勘違いなさったようだ。わたしの三社流は、三つの社《やしろ》と書くのだが」

「三つの社？　三国志のような三者が相戦うところからつけたのではないのか」

がっかりしたというより、あからさまに馬鹿にされた気がした。

「そんなことより、誰になぜ襲われたか、思い当たることはあるのか？」

竜之進は訊いた。

すると、静香御前の目が泳いだ。だが、又蔵のほうは、

「なあに、おらの馬術を妬んでのことさ」

と、たいして気にもしていないようだった。

四

竜之進は、鎌倉でひと月ほど三社流の稽古をつけたあと、藤沢《ふじさわ》、茅ヶ崎《ちがさき》、厚木《あつぎ》などを回って、江戸にもどって来た。鎌倉に行ったときは初夏の風が吹いていたが、いまは涼しい秋風に変わっている。

竜之進の住まいは深川の八幡宮に近いあたりで、ここに去年の暮れから〈三社流道場〉の看板を掲げている。なにせ、ここは江戸というより武蔵国深川村で、町奉行所の支配ではなく、代官支配である。永代寺《えいたいじ》や、少し北に行くと霊巌寺《れいがんじ》などはあるが、町と言えるものはまだ少ししかできていない。明暦の大火以降、木《き》場《ば》が移ってきて、深川の発展のもとになるが、いまは日本橋本材木町《ほんざいもくちょう》あたりの

材木屋が、木置き場をいくつかつくっているくらいである。

道場とは名ばかりの竜之進の掘っ立て小屋も、漁師に手伝ってもらって適当に建てた。もちろん周囲は空き地だらけで、いくらでも野外の稽古ができる。

弟子入りしてくるのは、たいがい力仕事をしている荒くれたちで、喧嘩に負け、次に勝つための剣を習いたがる。

そういうのに剣を教えるのは、人殺しを助長するようなものだから、

「そう言って来たやつは皆、死んだ」

と、諭してやることにしている。

このあいだは鎌倉の鶴岡八幡宮に行って来たが、深川にも八幡宮があって、人がぼちぼちやって来ている。なにせ鶴岡八幡宮がだいぶ寂れすぎていたので、参詣客の数はこっちのほうが多いくらいである。

その八幡宮の鳥居のところを歩いていると、

「流鏑馬を催す」

という立て札が出ていて驚いた。

「深川でも流鏑馬が？」

そういえば、このところ境内に馬場のようなものができていて、ここからも馬

を乗り回す武士たちが遠くに見えている。

眺めていると、

「お師匠さま」

声がかかった。

「山井！」

鎌倉にいるはずの山井双太郎ではないか。

「いま、お師匠さまの家を訪ねるところでした」

「わざわざ鎌倉から来たのか？」

「違いますよ。これのからみなんです」

と、山井は流鏑馬の立て札を指差した。

「どういうことだ？」

「この流鏑馬を深川の八幡宮に持ってきたのは、勘定奉行を務める増田《ますだ》仁之丞《じんのじょう》さまのご尽力なのです」

「名前は聞いたことがある。幕府の重鎮ではないか」

「そうなのです。増田さまは、二十年ほど前ですが、鎌倉で役人をしていたこともあったのです」

「そうなのか」

流鏑馬などもそのときに知ったのだろう。

「じつは、わたしの殿である武《たけ》田《だ》金《きん》蔵《ぞう》さまも、その増田さまの一派といいますか。それで、いろいろ雑用を手伝うようにと、鎌倉の藩庁から、こっちのお屋敷勤めに回されたというわけです。武田さまの別宅が、深川にあるんです」

「なるほど」

「ただ、鶴岡八幡宮のあの宮司さんは、深川で流鏑馬をするのを嫌がりましてね」

「それはなぜだね」

人の好さそうな宮司で、つまらぬ反対などしそうもない。

「流鏑馬は鎌倉にあってこそのものだと」

「ほう」

「江戸はまた独自のものをつくればよろしかろうと」

「ふうむ」

だが、一から新しい武芸をつくるのは容易ではないのだ。

「あ、稽古が始まりますよ」

山井は馬場のほうに目をやり、

「お師匠さま。まあ、見てやってください」

と、竜之進を見学に誘った。

馬場のほうに近づくと、いつの間にかかなりの馬が集まっていた。数えると、馬は十頭、乗り手の武士も十人。ほかに見物人なども来つつある。

「鎌倉から出て来たのか？」

「違います。何度も見学には来ましたが、増田さまのご家来を中心に、腕の立つ者を集めたのです」

稽古が始まった。

三つ並んだ扇の的に矢を射かけながら駆け抜ける。

やり方は、まさに鎌倉の流鏑馬そのものである。

かなり稽古も積んだらしく、数人の武士が扇の的に命中させた。

ところが、そのとき一人の武士が、

「あっはっは。なんてざまだい。流鏑馬ってのはこうするんだ」

そう言って、馬場に馬を乗り入れて来た。

「おい、あれは又蔵じゃないか」

「ほんとですね」

侍姿だったので、つい見過ごしそうになったが、間違いなく又蔵である。

馬のほうはゴマではない。もっと立派な馬である。しかも、見映えのする鞍《くら》までつけている。

又蔵はその馬で馬場を駆けて来た。馬に慣れていないのか、それとも鞍のせいか、ゴマほどの速さは出ていない。それでも馬上ですばやく矢をつがえると、立てつづけに三本射た。

扇の的を三つつづけて射貫いた。ただ、鎌倉で見たようなど真ん中ではないが、

「うぉーっ」

と、十数人ほどの見物人たちから喚声が上がった。

鎌倉では、見物人などわずかだった。やるほうにとっては、驚嘆の声はさぞかし気持ちいいのだろう。

先に稽古をしていた十人の武士も、あまりの腕前に無礼をなじることも忘れたらしい。

「われこそは那須与一の生まれ変わりだ」

又蔵はそう言って、馬場から立ち去ろうとした。

竜之進は急いで又蔵の前に回り込み、

「おい、又蔵じゃないか」

「これは、三社流の望月さま」

笑顔を見せた。

「江戸に出て来たのか?」

「はい」

「武士の姿じゃないか」

「そうなんです。今度、侍になるんです」

「へえ」

「おらもしっかりしなくちゃ」

又蔵は自分に言い聞かせるように言った。

「ゴマはどうしたんだ?」

「宮司さんに預けて来ました。あとの面倒を見てくれって」

又蔵は辛そうに言った。

「一人で出て来たのか?」

「いえ、おっ母も出て来ました。いま、海辺大工町《うみべだいくちょう》ってところに住んでます。

おっ母は、お前はやはり江戸で侍になるべき男だと」

「だが、なるべきだと言って、なれるものでもあるまい？」

「それはもちろんです。父に頼むとおっ母は言ってます。間違いなく侍です」

「……」

嬉しそうに言う又蔵を、竜之進は怪訝《けげん》そうに見つめた。

五

「またしても弓矢の辻斬りが出たみたいだな」

「ああ、危なくて、夜道は歩けないな」

「暗いところで馬上からいきなりらしいぞ」

道場に来ている弟子たちがそんな噂をしている。

辻斬り自体は、そう珍しくはない。このころの江戸は物騒である。

まして深川は、役人の目もなかなか届かない。せめて地つづきになれば、治安も良くなるはずで、寺の僧侶たちや、わずかにできつつある町の町役人たちも、

「ぜひ、橋を」

と、願い出ているらしいが、なかなかつくってもらえないらしい。

だが、いくら物騒な土地でも、弓矢の辻斬りというのは珍しい。しかも、馬に乗ってきて、矢を放ち、駆け去ってしまうのだという。

馬は夜目が利く。暗い夜道を駆け、馬上から矢を放てば、たいがいの者は避けようがないだろう。

「深川のどのあたりに出るのだ？」

竜之進は噂をしていた弟子たちに訊いた。

「北のほうです。霊巌寺の周辺が多いみたいです」

「殺されたのは町人か？」

「いままでは町人が多かったのですが、今度は武士だそうです。なんでも、勘定奉行をなさっている増田仁之丞さまとか」

「増田仁之丞……」

ついこのあいだ、名前を聞いたばかりである。

流鏑馬を持ち込んだという張本人ではないか。

「増田の屋敷が深川にあるのか？」

「近ごろ、霊巌寺の近くに下屋敷をつくったらしく、その行き帰りにたまたま遭遇してしまったみたいです」

「たまたまねえ」

馬上から弓矢の辻斬りというので、すぐに又蔵の顔が思い浮かんだ。しかし、あいつがそんなことをするわけがない。

「お師匠さま。なにか心当たりでも?」

考え込んだ竜之進に弟子が訊いた。

「うむ。弓矢の辻斬りはこれで何人出た?」

「五人目じゃないですか」

「それで増田仁之丞か」

「それがなにか?」

「いや、別に」

竜之進は話を打ち切った。

だが、流鏑馬を持ち込んだ増田が、同じように弓矢で射られて死ぬとは、なにかつながるものがあるのではないか。

竜之進は、とりあえず増田仁之丞が殺されたというあたりを見に行ってみた。

なにせ弟子の数が少ないから、暇なのだ。

霊巌寺の近くは、畑だらけで、そのなかで新しくできたばかりの武家屋敷は、やけに目立っている。

その門の近くに、代官所の者か、目付《めつけ》筋かわからないが、役人が出て、調べをおこなっているところだった。

増田はどうも、屋敷の門のすぐ前で矢を射られ、殺されたらしい。勘定奉行ほどの幕府の重臣が、一人歩きしていたのは解せないが、なんでも釣りが大好きで、すぐそこの掘割で釣りをし、もどったところを射られたのだという。遺体はないが、そこは縄で囲むようになっていた。

竜之進がその現場をじいっと見ていると、

「もしや、幕臣ですか?」

と、役人が声をかけて来た。

「いや」

「どこかの藩士?」

「それも違う。わたしは一介の浪人者で、剣術を教えている」

「浪人か。詳しく話を」

疑われているらしい。

話がこじれそうなので、

「お旗本の武田金蔵さまのご家来で、山井双太郎という者がいる。深川に屋敷があると言っていたので、呼んでくれぬか」

と、名を出した。

「本当か、それは。武田さまは、亡くなった増田さまが可愛がっておられた方だぞ」

「だから、呼んで欲しいとお頼みしている」

竜之進が言うと、武田の家をわかる者がいて、すぐに山井を呼びに行った。

まもなくである。

「お師匠さま。どうなさいました?」

と、駆けつけてくれた。

すぐに疑いは晴れたが、竜之進はここから立ち去ろうとはしない。

「山井。ここで増田仁之丞が殺されたのは聞いているよな?」

「もちろんです。勘定奉行が辻斬りに襲われたのですから、お城でも大騒ぎになっているそうです」

「辻斬りだと言っているのか？」

「前から出ていましたから。馬に乗り、弓矢を使った辻斬りが」

「それはたぶん違うな」

と、竜之進は言った。

「違うのですか?」

「本当は、行き当たりばったりの辻斬りのような殺しではないかもしれないぞ。しかも、馬ではなく、矢をつがって、ただ待ち伏せたのかもしれぬ」

「馬は? 足音を聞いた者もいるようですが?」

「馬の足音など、伏せたお椀で地面を叩けば、いくらでもごまかせる」

「なぜ、そう思われます?」

「流鏑馬の要領なら、どこから矢を射る?」

と、竜之進は訊いた。

「この屋敷の前を通り過ぎたのでしょう?」

「それは無理だな。その張り出した松の木を見ろ」

と、竜之進は道端の松の木を指差した。かなりの大木で、道を横切るように枝が伸びている。

「あ、馬に乗っていたらぶつかりますね」

「そうだ」

「では、向こうの道？」

山井は、この前の道が突き当たるところの横道を指差した。

「それはさらに無理だ。狙いもつけず、そこを横切る一瞬に、矢を放つなどできるわけがない」

「では、やはり？」

「ああ。この松の木の陰で、増田が来るのを待ち、矢を放った。あいだはわずか三間（約五・四メートル）。どんな下手糞でも外さない」

「なんてことだ」

「山井。増田には政敵のような相手はおらぬか？」

「います」

と、山井は微妙な顔でうなずいた。

「誰だ？」

「じつは……」

話を聞くと、大方の見当がついた。

六

竜之進は、霊巌寺の近くではあるが、さらに大川に近いところにある千葉清寿郎《ちばせいじゅろう》の家を訪ねていた。

「御用は？」

と、出て来た用人が訊いた。

じつは、山井が着ていた羽織を借りて着ている。なにせ、幕臣というのは、人を身なりでしか判断できない。その山井は、隠れてこっちを窺っている。

「増田仁之丞殺しの件で、千葉さまのご意見を伺いたい」

「そなたは？」

「殺しの現場を目撃してしまったと伝えてもらおう。下手人の後をつけて、ここまで来てしまったと」

もちろん嘘である。だが、増田殺しの下手人は、千葉の家の者だと告げているわけである。

「なにを言っているのかわからぬが、とりあえずあるじの意向を聞いて来よう」

用人は一度もどって行ったが、まもなく、

「入れ」

と言って来たのを、

「入ったら出られなくなる。ここでお話しさせてもらいたい」

断固、主張した。

しばらくして、三人の若い武士を引き連れ、五十がらみのよく肥えた男が現われた。三人はもちろん用心棒の役だろう。

「なんだ、そなた？」

「千葉さまですね。わたしは一介の剣術遣いです。三社流の望月竜之進と申します」

と、竜之進は名乗った。

「知らんな」

千葉は不機嫌そうにそっぽを向いた。

「ま、それはともかく、増田仁之丞殺しについてその筋に報せる前に、若者を一人、解放してもらいたくてね」

「誰のことだ？」

「又蔵という鎌倉から来た若者です」

「あれは、わしの倅だ。若気のいたりでつくった子だが、このたび屋敷に入れることにしたのだ」

「又蔵は千葉さまの子ではありませんよ」

「なんだと?」

「それよりここにいると、くだらぬ殺しの片棒をかつがされることになる。早く、解放してください」

竜之進は頼んだ。

又蔵はこんなところにいるべきではない。鎌倉に帰って、ゴマといっしょに弓矢の腕を磨いたほうがいい。

「断わる」

「では、わたしはこのまま、千葉さまが増田仁之丞を、辻斬りを装って暗殺した手口を訴えて出ましょう」

竜之進はそう言って、踵を返した。

背後から馬のひづめの音が近づいて来た。

案の定だった。

竜之進は全力で走り、大川沿いの広い道に出た。山井も追いかけて来ているはずだが、足も遅いからまだまだ遠くのほうだろう。

「止まれ」

又蔵の声がした。

だが、竜之進は止まらない。

つねづね徹底して走っている。一里くらい全力で走っても息は切れない。

「矢を射るぞ」

と、又蔵が怒鳴っている。

「やれるものならやってみろ」

「望月さまでも遠慮はしませんぞ」

「ああ、遠慮など要らぬ。どうせ当たるものか」

竜之進は駆けながら言った。

「おらの腕を知ってるだろうが」

そう言いながら、竜之進の右側に並びかけて来た。さすがに馬は速い。

「知っているから、こうしているのだろうよ」

竜之進は挑発した。

「馬鹿じゃねえのか」

又蔵はそう言いながら、背中の矢筒から矢を取り、弓につがえて、狙いをつけてきた。

「ほんとにいいのか」

「いいから来い」

又蔵は矢を放った。

当たりそうな矢は刀で弾くつもりだったが、矢は後ろに逸れた。竜之進は、走る速さを微妙に上げていた。

「え？」

又蔵は驚いた顔をし、第二矢を放った。これは前を横切った。走る速さを微妙に遅くしたので、これも当然だった。

「嘘だろう」

そう言ったのもわかった。

今度は、そのままの速さで走りつづけた。すると、第三矢はまっすぐに来たので、これは刀で叩き落とした。

「なんてこった」

又蔵は衝撃だったらしい。

「当たらないのだ。動かぬ的くらいは当てられても、走っている人間は無理だ。しかも、そなたは気づいてないことがある」

それは、竜之進もいま気がついたことだった。

竜之進は駆けながら小柄《こづか》を馬の尻に投げた。

それは過たず尻に突き刺さり、馬が突然、棒立ちになると、又蔵ははね飛ばされ、竜之進の前に転がり落ちて来た。

七

竜之進は、又蔵とともにやはり深川に住む母親の静香と会っていた。千葉の屋敷には近いが、竜之進の道場と張り合えるくらいの掘っ立て小屋である。静香は秋風が冷たいのか、囲炉裏に多すぎるくらい火を燃やしていた。

すでに山井の話などからほとんどのことはわかっており、あとは静香に確かめるだけだった。

「すべては、あんたの妙な野心から始まったのかもしれないんだぜ」

と、竜之進は言った。

「そうだね」

静香は素直にうなずいた。

息子の又蔵からもすべて正直に話すよう言われたのだ。

「この騒動は、勘定奉行同士で対立していた増田仁之丞と、千葉清寿郎の仲の悪さから始まっているんだ」

竜之進は、又蔵を見て言った。

「そうなんですか」

又蔵はつぶやくように言った。

「二人はおそらくここ数年、幕府の武芸奨励策を巡って、またも対立を深めていたのだろう。剣術を奨励すべしとする千葉に対し、増田は弓矢を盛んにし、鎌倉以来の流鏑馬を推奨しようとしていた」

「増田がですか」

「そのため、増田はかつて役人をしていた鎌倉に来て、宮司らと交渉を重ねていた。流鏑馬を江戸に持ち込み、幕府の援助のもとに、弓馬を奨励したいのだとな」

「うん。それは知ってました」

「そこへ、かつて増田と男女の契りを結んだ静香が、あんたの息子は弓矢の天才だと告げて、息子と自分を江戸に連れて行くよう訴えたんだな」

竜之進が静香を見ると、

「そうだよ」

と、うなずいた。

「増田は、それを了承し、根回しがうまくいったら、迎えに来ることになっていた。ところが、これを洩れ聞いた千葉清寿郎は、増田の暗殺を計画したわけだ」

「千葉さまもひどいな」

「だが、まともに暗殺すれば、いのいちばんに千葉が疑われる。それくらい、二人の仲は険悪だったからな」

「そうか」

「そこで、千葉は増田を自分とはまるで関わりのない弓矢を使って暗殺しようと考えた。それもいきなりではなく、頻発する弓矢による辻斬りの犠牲者にすれば、誰も千葉を疑うこともないだろうとな」

「ははあ」

「一方、鎌倉にいる弓矢の天才の又蔵が江戸にやって来たら、江戸の武士たちのあいだに弓矢の流行が起きかねないわな。このため、千葉は自分の息子である又蔵の暗殺も試みたのだ」

「え？　え？　ちょっと待ってくれ、望月さま」

と、又蔵は話を止めた。

「なんだ？」

「いま、おらは千葉の息子と言わなかったか？」

「ああ」

「さっきは増田がおらの父親だって言ったのに？」

「それはお前のおっ母さんがそのように二人に話したからさ。もちろん二人とも身に覚えはあったのさ」

「………」

又蔵は弱ったもんだというように母親を見た。

「しょうがないだろ。言い寄られるんだよ、あたしは」

静香はふてたようにそっぽを向いた。

「由比ヶ浜で襲われたよな。あれは、千葉の家来たちだったのだ」

「そうなのか」

「だが、千葉のしようとしていることを知ったおっ母さんはさすがに驚き、江戸に来て、千葉に訴えた。又蔵を襲わせたのはあなたでしょう。あの子は、あなたの息子ですよとな。そうだろう？」

　竜之進が静香に問うと、

「そうだよ」

　と、認めた。

「千葉は身に覚えがあったから、急遽、又蔵暗殺を中止し、しかも又蔵を自分の妾腹として家に入れ、増田の弓矢への功績まで奪おうとしたのさ」

「なんてこった」

「そして、前からの計画どおり、増田暗殺がおこなわれた。もちろんやったのはお前じゃないよな？」

「おらはやってない」

「うむ。だが、お前は最後の仕上げで、あと何人かを射殺することになったかもしれないぞ。千葉が自分とはまるで関わりはないと、世間に思わせるためにな」

「そうだったのか」

又蔵は落胆し、うなだれた。それは武士のふるまいのようではなかった。どう見ても、純朴な寒村の馬喰だった。

「静香さん。もう野心は捨てて、鎌倉に帰ることだな」

竜之進の言葉に、

「そうするよ」

と、静香は力なくうなずいた。

「又蔵もほんとの父親の近くで暮らすべきだ」

「ほんとの父親？」

「まだわからないのか。お前の父はあの宮司さんだよ」

「え？」

又蔵は驚いて母を見ると、

「ああ」

と、静香は力なくうなずいた。

「よく見ると、目元や耳のかたちはそっくりだぞ。たぶん宮司さんも薄々はそう思っているに違いない。だからこそ、又蔵が利用されることを心配し、流鏑馬が江戸に移るのも反対していたんだ」

「そうだったのか」

「宮司さんが言うように、流鏑馬は鎌倉がふさわしいと思うぞ」

「うん。そうするよ」

又蔵はうなずき、母親をそうしようというように見た。

「ああ。あたしが馬鹿だったよ」

静香は母の顔で又蔵を見返した。

「そうと決まれば、早いとこ江戸を出たほうがいい。又蔵がもどらないのはおかしいと、討っ手がかかるかもしれぬ」

「ああ、そうします」

急いでここを引き払うことにした。夜通し歩いて鎌倉に向かうという。

「火は消していったほうがいいな」

と、竜之進も手伝って、さかんに燃えていた囲炉裏の火を消した。

そのとき、

「お師匠さま」

と、山井の声がして、がたがたと戸を開けた。

「おう、伝えてきたか？」

「ええ、殿に増田さま殺しの真相を話してきました。すぐに納得されました。千葉さまを疑う声はすでに幕閣《ばっかく》にもあったみたいですが、証拠がないのでどうすることもできなかったみたいです。だが、わたしが真相を話したので、すぐにお目付たちとともに千葉さまの屋敷に向かうはずです」

「そうか。だが、千葉たちのほうが動きが速かったみたいだな」

「え？」

「討っ手が来ている」

竜之進はそう言って、山井の背後の暗闇に向けて顎をしゃくるようにした。

「しまった」

「まずいな」

竜之進は顔をしかめた。

「どうしたので？」

「いままで燃え盛る囲炉裏の火を見ていたので、暗闇に慣れていない。気配はすれど、姿が見えぬ」

竜之進がそう言うと、

「ほんとだ。おらも見えねえ」

又蔵も呻いた。

「山井、お前はよく見えているのだな？」

「ええ。見えてます」

「では、あれをやろう。お前はここから、敵の動きを教えてくれ」

竜之進はそう言うと、闇のなかへ歩みを進めた。

剣を抜き、右手一本でわきに構えている。

「敵は三人です。お師匠さまの五間ほど前から、雑木林が広がっています。木はまばらです。お師匠さまの右手に一人、正面に一人、そして左手に一人。左手の男がいちばん手前にいます。こいつは正眼に構えていますが、おっと剣を引き寄せました。突いて出る気配です。左には立木はありません。まっすぐに突っ込んで来ました！」

竜之進もその気配は感じている。

とっさに横へ飛びながら地面に転がり、前から来る足音に向けて剣を振るった。

「うわっ」

十分な手応え。

片足は骨まで断ったはずで、敵が呻きながら倒れ込むのもわかった。

「お師匠さま、右です。右に二人、すぐ近くに並びました。あいだは二間半（約四・五メートル）。ちょうど真ん中あたりに立木があります。二人がその立木を避けて、左右に分かれました。お師匠さまが右横に動けば、こっちは木もありません」

山井もこちらに近づきながら、敵の動きを語っている。

竜之進の目はまだ闇に慣れていない。が、だいたいの距離はわかるようになってきた。

「構えは？」

と、竜之進は訊いた。

「左が上段に変えました。右は正眼です」

竜之進と山井のやりとりに、

「こやつ、盲目なのか？」

「そうかもしれぬ」

と、敵同士で話した。そう思って油断してくれたほうがありがたい。

「ならば恐れることはない」

「いっきに片をつけよう」

二人が出て来るのはわかった。

すると、竜之進は山井の声がしたほうへいきなり走った。

「おっと、お師匠さま。こっちは立木がいくつもありますぞ。ぶつかりますぞ」

「お前がいるところはないだろうよ」

「こっちに来ますか」

山井が焦って逃げようとするのもわかった。

そこで竜之進は突然踏みとどまり、もう一度、地面に転がると、横殴りに走った剣をかわしながら、おのれの剣を撥ね上げた。

「うわっ」

ドサッと腕が落ちた。

そのままごろごろと転がると、片膝をついて、中腰に剣を構えた。

あと一人。

「お師匠さまの正面です。あ、正眼から上段に構えが変わりました。剣先から炎が上がるような強い構えです。お師匠さまは中腰でこの豪剣を受け止められるのでしょうか。剣は弾かれてしまうのではないでしょうか」

山井の口はよく回る。

「山井。無用な心配は口にするな」

竜之進はそう言った。

だいぶ闇に慣れてきている。

敵はじりじりと距離を詰めて来た。

「とあっ」

「やっ」

二人同時に声が出た。

敵がいっきに距離を詰め、上段から剣を振り下ろすと同時に、竜之進は強靭《きょうじん》な膂力《りょりょく》で弾かれたみたいに右へ飛び、左手一本で剣を払った。

「あっ」

敵の左腕が宙を飛んだ。

しかも、その腕には矢が突き刺さっていた。

「又蔵、手助け済まぬ」

「いえ、無用な手助けでした。ようやく闇に慣れたもので」

又蔵が照れたように言った。

竜之進は渡し舟の船着き場まで又蔵と静香を送って来た。

「では、又蔵。またな。しっかりやれよ」

「いろいろありがとうございました。ただ、おらは流鏑馬の腕に自信がなくなりました。望月さまに一矢も当てることはできなかったし。まあ、そのほうがよかったのですが」

又蔵は落胆して言った。

「あっはっは。あれは、お前の腕のせいじゃない」

「どういうことで？」

「まだわからないか。お前の流鏑馬の弓矢の正確さは、ゴマが支えていたのだ」

「ゴマが？」

「流鏑馬のとき、ゴマは矢を放つ手前からわずかに駆ける速さを落とし、狙いをつけやすくしていたぞ」

「え」

「ゴマは見かけによらず、賢いんだ。類いまれなる名馬なんだ。たぶん那須与一が乗った馬もあんなふうに賢い馬だったのさ」

「ゴマ……そうだったんだ」

「お前は、ゴマといっしょに那須流の弓矢をさらに磨き上げることだ」

そう言って望月竜之進は、あのずんぐりむっくりとしたけなげなゴマが走る姿を思い浮かべたのだった。

《初出一覧》

「箱根路の蛍」
「小説宝石」二〇一七年七月号掲載
「静御前の亀」
「小説宝石」二〇一六年十月号掲載
「東照宮の象」
文庫書下ろし
「那須与一の馬」
「小説宝石」二〇一五年七月号掲載
「両国橋の狐」
『厄介引き受け人　望月竜之進　二天一流の猿』（竹書房刊）収録

光文社文庫

文庫オリジナル／傑作時代小説

那須与一《なすのよいち》の馬《うま》　奇剣三社流《きけんさんじゃりゅう》 望月竜之進《もちづきりゅうのしん》

著　者　風《かぜ》野《の》真《ま》知《ち》雄《お》

2022年1月20日　初版1刷発行

発行者　鈴木広和
印　刷　豊国印刷
製　本　ナショナル製本

発行所　株式会社　光　文　社
〒112-8011　東京都文京区音羽1-16-6
電話（03）5395-8149　編　集　部
8116　書籍販売部
8125　業　務　部

ISBN978-4-334-79301-2　Printed in Japan

組版　萩原印刷